CHOQUE DE TITANES

byViruZz

CHOQUE DE TITANES

mr

Edición y fijación del texto: David Ruiz

Ediciones Martínez Roca, sello editorial de Editorial Planeta, S. A.
Avda. Diagonal, 662-664
08034 Barcelona
www.mrediciones.com
www.planetadelibros.com

Diseño de la cubierta: Departamento de Arte y Diseño, Área Editorial Grupo Planeta
Ilustración de cubierta: © María Valentina Grases
Fotografía de contracubierta: cortesía del autor

Primera edición: mayo de 2016

ISBN: 978-84-270-4249-0
Depósito legal: B. 6.947-2016
Preimpresión: M.T. Color & Diseño, S. L.
Impresión: Unigraf, S. L.

Printed in Spain-Impreso en España

El papel utilizado para la impresión de este libro
es cien por cien libre de cloro
y está calificado como **papel ecológico.**

A mi familia, que siempre confió en mí.
Y a mis denigrantes, porque sin ellos
esto no sería posible.

Índice

I

El Valle de Nigg

1

La aburrida vida de un niño gigante

En el Valle de Nigg el invierno duraba desde que la primera nevada sobrevivía una noche y un día, lo que solía suceder a mediados de noviembre. Después la nieve empezaba a merodear más y más por los cielos hasta que diciembre veía caer tanta que incluso se inundaba el curso del Aguasbravas, al final del valle. Luego el frío sorprendía a la crecida y un buen día el arroyo era un sendero de hielo traicionero en el que uno podía resbalar, y se quedaba así hasta el Día del Crujido: cuando el sol comenzaba a aguantar en el cielo y se veía a los primeros pájaros que volvían de sus vacaciones de invierno en lugares más templados, había un día que el hielo del Aguasbravas crujía, partiéndose empujado por la presión. Ese día los niños hundían sus dedos en el agua helada y levantaban los inmensos trozos de hielo, que podían pesar lo suyo, y jugaban a arrojárselos los unos a los otros hasta que alguno de los mayores, que aguardaban más lejos, rascándose las barbas y soltando zapatazos que hacían caer la nieve tardía de los árboles, les gritaban que se estuviesen quietos, que se iban a hacer daño y que aquel no era modo de comportarse.

Raligg Naggigg había visto catorce años el Día del Crujido, pero jamás había participado en él. Lo intentó hacía dos. Todavía era pequeño, con sus dos metros y cuarto de altura y sus doscientos treinta kilos de peso, pero allá fue, hasta que una astilla helada de unos treinta kilos cruzó los aires desde la mano de Holigg Sigg hasta su frente.

—¡Lárgate, piojoso, hijo del traidor! —le gritó Holigg. Y Raligg volvió corriendo hasta la choza de su tía Rega, con un pequeño torrente de sangre manándole desde la frente y otros dos, más pequeños y de lágrimas, corriéndole por las mejillas.

—¿Qué ha pasado? —le preguntó su tía, soltando el cesto de la ropa sucia, que cayó haciendo temblar los árboles, y abrazándole con sus brazos gordos como troncos de roble.

—Me ha llamado hi... me ha llamado piojoso —gimió Raligg, moqueando, escondiendo la cara manchada de lágrimas y sangre entre los metros y metros de tela de la falda de su tía—. Debí contestarle, debí decirle lo que pienso yo de su estúpida sonrisa.

—En la frente, bobo, qué te ha pasado en la frente —aclaró ella, haciéndole retroceder, acariciándole el pelo, apartándoselo y observando la herida, un rasguño de apenas quince centímetros—. E hiciste bien en no contestar a Holigg. Las palabras no pueden herir a los Sigg, les entran por un oído y les salen por el otro, y nuuunca harán daño en sus cabezas.

—¿Por qué? —gimoteó él.

—Porque las tienen huecas, querido. Porque las tienen huecas.

En el Valle de Nigg no solo vivían gigantes, como contaba su tía que había sucedido antiguamente. Las ninfas poblaban las cavernas, los huecos de los árboles y el fondo de los arroyos, cuando el deshielo lo permitía, los centauros iban y venían tirando de sus carromatos de comerciantes, y de vez en cuando aventureros humanos pasaban por allí, a la caza de los grifos que habitaban las cumbres que rodeaban el valle o en busca de negocio con los habitantes.

Luego, además, estaban los Burócratas Grises, que nadie sabía exactamente cuántas cosas podían ser bajo sus capuchas descoloridas. Los había diminutos como hadas, con mantos ligeros que arrastraban por el aire cuando revoloteaban de aquí para allá, los había humanoides de todos los tamaños y hasta los había de aspectos extraños, como gusanos gigantes, arañas o bestias con cuernos retorcidos. Aunque a nadie le interesaban los Burócratas Grises y todo el mundo tenía con ellos el menor trato posible: ellos se encargaban del gobierno del valle, de la recolección de los impuestos y de las tareas de organización, y los demás procuraban no tener con ellos mucha relación. Sus voces, a veces agudas, a veces quebradizas, a veces roncas y a veces sibilantes, siempre eran monótonas y aburridas, y la consecuencia de hablar con ellos era siempre la misma: uno salía con un montón de tareas tediosas, al término de las cuales tenía que reunirse con otro Burócrata Gris, que le encomendaría otra serie de tareas mortalmente rutinarias y farragosas, y así sucesivamente hasta obtener un ridículo papel, sellado por el Gran Burócrata, que daba permiso para abrir un negocio, comprar una casa, casarse o talar un árbol.

—¿Y burócratas? —preguntó un día Raligg a su tía—. ¿Siempre ha habido Burócratas Grises en el valle? ¿Tenían forma todos de gigantes, cuando en el valle no había gigantes?

Ella se había encogido de hombros, había sacado del barreño descomunal que tenía a los pies una sábana del tamaño de la vela de un navío de guerra y se había quitado un par de pinzas de la boca antes de responder:

—Cuando yo era una niña no los había. Pero son tan aburridos que parece que siempre han estado ahí, organizando las cosas aburridas.

—¿Y cómo llegaron entonces?

—Ay, Raligg —le reprochó su tía Rega con fastidio—. No lo sé. A alguien debió parecerle buena idea que el gobierno y las tareas aburridas las llevasen quienes se dedican a ello. Así todo el mundo podría dedicarse a hacer lo que tiene que hacer.

Raligg pensó durante un rato.

—¿Y cómo pudimos saber que se dedicaban a administrarnos antes de que nos administrasen?

Su tía lo miró, parpadeó varias veces y finalmente se encogió de hombros y tendió la sábana de una cuerda.

—Cállate y agarra el otro extremo de la sábana.

Ya habían pasado dos años del incidente con Holigg, y Raligg era un muchacho gigante fuerte y sano, con sus casi cuatro metros y mil trescientos kilos de músculos y huesos duros como rocas. El último par de años había estado ayudando a su tía a encargarse de las vacas: a los grifos que vivían en las cumbres y a los lobos que vagaban por los bosques les volvía locos la carne de ternero, así que Raligg había tenido bastantes ocasiones para perfeccionar su puntería, después de haber agarrado el peñasco más cercano docenas y docenas de veces, haber visualizado la gorda cabezota de Holigg en el cráneo del grifo que se abalanzaba desde los cielos o en el lomo del lobo que salía de la espesura y haber lanzado hacia allá el proyectil con todas sus fuerzas. Tanto los grifos como los lobos habían aprendido a dejar en paz sus vacas y a temerle y respetarle, y pensaba enseñar a Holigg la misma lección. Pero cuando después de incontables mañanas saliendo de la cabaña de su tía al amanecer en busca de señales del fin del invierno, que este año se retrasaba, llegó su cuadragésimo Día del Crujido, se llevó un chasco al acudir a la carrera al arroyo y ver que Holigg, alejado y riéndose con un ruidoso grupo de seres, no mostraba interés alguno en unirse al resto de niños que ya comenzaban a arrancar fragmentos de hielo. Peor para él, pensó, si no disponía de munición. Así que caminó hasta el arroyo, arrancó un trozo particularmente contundente de agua helada, ignoró los trozos de hielo que niños más pequeños le lanzaron con alegría y caminó hacia el grupo de Holigg, levantando su trozo de hielo por encima de la cabeza.

Holigg debió ver que alguien dirigía la vista a sus espaldas y se giró para mirarle por encima del hombro. Raligg quedó petrificado. Holigg le soltó su sonrisa de suficiencia y resopló. Y el trozo de hielo de Raligg resbaló entre sus manos y se partió sobre su propia cabeza. El grupo casi al completo estalló en carcajadas y Raligg, con las mejillas coloradas, se alejó a toda prisa de allí, tropezando hacia la cabaña de su tía, perseguido por el eco de la estruendosa risa de Holigg.

Pasó el resto del día encerrado en el sótano hasta que su tía logró hacerle salir preparando su estofado favorito y paseándolo por debajo de la puerta para que el olor se filtrase con las rendijas.

—Come algo —dijo cuando por fin abrió la puerta — y vete a cuidar a las vacas, que se las van a comer los grifos. Ellas no tienen la culpa de que te hayas vuelto tonto.

—No me he vuelto tonto —protestó.

—¿Ah no? ¿Entonces qué te pasa? ¿Por qué no estás curioseando por el pueblo? Se ha desbloqueado el río, y este año lo ha hecho tarde. Los comerciantes y los cacharreros deben estar cruzándolo ya para preparar la Feria de Primavera.

Todos los años, tras el deshielo del río, el pueblo acogía una feria muy popular entre los comerciantes: meses y meses de gigantes bloqueados por el hielo necesitaban tantos recursos que en primavera el comercio en el valle permitía a más de uno ganar en una semana lo mismo que ganaría durante el resto del año.

Raligg sacudió la cabeza.

—Porque no quiero. Holigg estará allí, pavoneándose, paseando con esa sonrisa suya de idiota.

Pero mentía. Holigg no le preocupaba lo más mínimo. Revivía la escena una y otra vez: allí estaba él, acercándose a aquel mentecato con su bloque de hielo bien agarrado, alzado sobre su cabeza, y entonces alguien del grupo cuchicheó y señaló en su dirección, y Holigg se giró, torpe y lento, y tras su corpachón, como la luna saliendo de un eclipse en una noche de verano, apareció la sonrisa de Dafne, la hija de la ninfa del arroyo del molino, a la que no había visto durante todo el invierno.

Y Dafne le había sonreído, una sonrisa indescifrable, bella y misteriosa.

Entonces en el mundo se había hecho la oscuridad y el resto no lograba recordarlo con claridad: el bloque de hielo cayendo sobre su cabeza, la risa de los demás, el viaje de vuelta a casa tropezando con las raíces y los pequeños árboles.

Lo único que recordaba era la sonrisa de ella.

¿Estaría riéndose de su probablemente ridícula estampa, allí con su trozo de hielo, como un crío gigante?

¿Estaría riéndose pensando que no era rival para Holigg?

No lo sabía. Tampoco le importaba demasiado, todavía. Lo único que sabía, lo único que necesitaba saber, era que no había visto nada tan hermoso en su vida.

2

La Feria de Primavera

Durante el invierno la vida en el Valle de Nigg, aislado del mundo, rondaba esa amplia zona que limita con la monotonía por un lado y con el aburrimiento por el otro: al final de los meses fríos todo el mundo suspiraba por el deshielo que traería actividad al valle.

Sin embargo, dado que aquel año el deshielo fue tardío, el trajín de viajeros que de pronto atestaban las posadas y acampaban en los prados fue tal que más de un viejo gigante suspiró anhelando que el invierno hubiese durado todavía un par de semanas más. Los centauros buhoneros inundaban las calles con sus carromatos, desenganchaban sus bridas en cualquier parte y galopaban por las calles en busca de una tasca que les sirviese una pinta de cerveza y un tazón de caldo caliente para desentumecer sus cascos helados. Los tasadores de ganado galopaban por las laderas de las montañas echándoles miradas a los rebaños que por allí pastaban. Los artesanos construían fortines de cestos de mimbre, barriles de roble y telas de toda clase de tejidos y las llenaban de papelitos con precios que el viento arrancaba y hacía volar de aquí para allá, de modo que luego las ancianas gigantas exigían media docena de barriles al precio de una sábana o conjuntos de cofres labrados por el valor de una jaula para gallinas.

Mientras tanto, los habitantes más jóvenes del valle corrían entre el gentío y los bultos, ayudando a la confusión y al viento, cambiando de sitio todavía más precios cuando el tendero miraba para otro lado; la anciana gigante más cercana, dispuesta a intentar sacar tajada de la broma, hacía como que no veía la travesura.

Y allí estaba Runigg, el hijo del molinero, y Tigga, la hija de la costurera, y Dafne, radiante, y siempre cerca de ella Holigg, con su estúpida sonrisa.

Raligg se las apañó bastante bien para evitarles hasta que a la semana del deshielo Rega le dio unas monedas y le despachó hacia el mercado a la búsqueda de gatos que ayudasen a mantener controlados a los ratones que pululaban por la despensa. Cuando uno es un gigante, el problema de los ratones es difícil de manejar sin ayuda felina.

—¿Cuántos gatos quieres que compre? —preguntó.

Su tía le observó. Su sobrino llevaba unos días preocupándola. No sabía qué pasaba dentro de su dura cabeza de adolescente gigante, pero sí que le vendría bien una distracción.

—Tres gatos cazan tres ratones en tres minutos —proclamó—. Así que quiero que compres los gatos que hagan falta para que puedan cazar cien ratones en cien minutos.

Raligg parpadeó aturdido.

—Ehhh... ¿cien gatos?

Su tía le dejó en la mano un puñado de monedas pequeñas de cobre y le despachó a manotazos.

—Usa esa sesera tuya. Pero si me traes cien gatos, cenarás gato hasta el verano.

Así que Raligg caminó cabizbajo por la calle principal pensando en el acertijo de su tía hasta encontrar un tenderete donde un joven centauro de lomo negro vendía diversos animales. Un vistazo le hizo descubrir que tenía gatos en unas pequeñas jaulas, colgados de una viga.

—¿Por qué los tienes en jaulas, como pájaros? —preguntó Raligg.

—Porque los gigantes tenéis los pies muy grandes y los ojos muy lejos del suelo —dijo el centauro, riendo—. Mantener el género con vida es una prioridad del buen mercader. Excepto si eres carnicero, supongo.

—Bueno, yo venía a por gatos.

—¿Cuántos? —preguntó el Centauro, levantando un garfio para desenganchar una jaula en la que bufaba un gato rayado.

—Verás, esto, mmm, si tres gatos comen tres ratones en tres minutos, quiero los que coman cien ratones en cien minutos.

El centauro le miró de reojo.

—¿Perdona?

—Creo que es un acertijo —se disculpó Raligg.

—Pues no parece muy bueno —gruñó el centauro—. Creo que cien ratones en cien minutos es mucho comer para los gatos que sean. ¡Juegan con ellos, tardan horas! Además, después de comerse media docena probablemente estén más ocupados echándose la siesta que cazando más ratones.

—Espera, quizá no fuesen cien, ¿puede ser que fuesen cuarenta?

A sus espaldas estalló una risa clara como el sonido de campanas al final de la primavera. Raligg se dio la vuelta y bajó la vista hasta encontrar los ojos de Dafne clavados en los suyos.

—Probablemente el error sea que se los coman en lugar de cazarlos.

—Eh... —Raligg tragó saliva con esfuerzo y notó, con horror, que su inmensa cara se ruborizaba —... ¿y cuántos gatos y cuántos ratones? ¿Cien o cuarenta?

Ella se echó a reír.

—Tal vez dé igual; a veces un acertijo funciona mejor con menos de lo que se dice, porque está pensado para confundir. Prueba a inventarte el número.

Raligg levantó la vista. En su mirada brilló un destello de comprensión.

—¡Claro! —exclamó, dándose una palmada en la frente que retumbó como un trueno —, si tres gatos cazan tres ratones en tres minutos, los mismos gatos cazarán el doble de ratones en el doble de tiempo... ¡Son tres gatos!

—La señorita es toda una experta en gatos —sonrió el centauro. Ella se echo a reír. El sol se deshizo de unas nubes e hizo resplandecer su pelo, y la brisa corrió a mecerlo. La sonrisa de Raligg se extendió hasta alcanzar el metro de longitud antes de quebrarse cuando, tras él, escuchó la voz de Holigg, llena de desprecio.

—Dafne, ¿qué haces con el hijo del traidor?

Sucedieron muchas cosas en un mismo instante. El joven centauro estaba terminando de bajar su tercera jaula de gatos. Raligg giraba a toda velocidad, enarbolando uno de sus puños en la dirección en la que su rabia calculaba que debía estar la estúpida sonrisa de Holigg. Dafne cogía aire para responder algo. Holigg se echaba atrás para alcanzar con sendos codazos cómplices a Runigg y a Tigga, y el señor Veligg, un viejo gigante de pelo largo, rizado y blanco, y ojos fieros aunque translúcidos por la edad, se inclinaba por detrás del hombro de Raligg para estudiar un mastín encerrado en una jaula, pequeña solo para los estándares gigantes.

Cuando transcurrió el instante Raligg había tropezado al girar contra el viejo gigante y había caído entre las jaulas del perro y los gatos. Todos estos habían escapado por la calle principal, salvo uno de los gatos, que había trepado por el torso de Raligg y se había entretenido en arañarle el rostro mientras intentaba llegar hasta lo alto de su cabeza. A su alrededor los niños gigantes se ahogaban en carcajadas, doblados de la risa.

—¡Hijo de un traidor, te traicionan las rodillas! —canturreó Holigg, para que se uniesen los demás.

—¡Piérdete de mi vista, comadreja! —rugió entonces el viejo Veligg—. Si no sabes de qué hablas no abras esa sucia boca cerca de mí, ¡ni el padre de este muchacho fue un traidor ni el tuyo un héroe como para que puedas ir por ahí mirando a los demás por encima del hombro!

Los niños se fueron a la carrera, todavía riéndose y murmurando entre dientes «viejo loco». Dafne le miró con tristeza, antes de dar media vuelta y trotar tras ellos. El anciano les ignoró y le tendió una mano para ayudarle a ponerse en pie.

—No les hagas caso, joven Raligg.

—Señor Veligg —preguntó este—, ¿qué es cierto y qué no lo es de las historias de mi padre?

—No puedo contártelo —suspiró este—. Es parte de un tiempo del que ya no hablamos y que mi memoria no recuerda con claridad. Tu padre y yo fuimos compañeros, antaño, en historias que ya mezclo con la fantasía de ser más joven, y mi cabeza ya falla más que acierta. Recuerdo tan solo sentimientos, amistades y honores, y no recuerdo a tu padre ni con odio ni con pena. Tu padre debió de ser un héroe, y su historia seguramente debe figurar en los tapices del Salón de los Héroes del Palacio de Nigg.

—Disculpa, ¿me permites? —preguntó el centauro, tironeando el pantalón de Raligg y señalando hacia su cabeza. Este le miró, farfulló una disculpa y hurgó entre su pelo hasta encontrar el gato que se escondía entre sus rizos. Se lo tendió al centauro mientras preguntaba al viejo gigante.

—¿Pero esos salones no son historias de brujas para entretenernos a los niños?

El viejo sonrió y miró tras él disimuladamente. Por la calle paseaban un par de Burócratas Grises, uno diminuto y alado y otro gordo con aspecto de inmensa serpiente.

—Nunca dejes de tomar una historia en serio solo porque sea una historia de brujas —apenas susurró—. Los salones existen, en los sótanos bajo el Palacio de la Burocracia, pero hay cuarenta o cincuenta normas y leyes que prohíben a cualquier gigante entrar en ellos.

—Pero las brujas no existen, ¿no? —preguntó el centauro, pisoteando el suelo nervioso. Pero el viejo gigante no dijo más. Pagó su perro y se lo llevó en la palma de la mano. Raligg miró el desastre del tenderete destrozado por su caída.

—Siento mucho este lío —dijo—. Puedo ayudarte a repararlo, no soy malo con la sierra y el martillo.

—Gracias, acepto encantado —sonrió el centauro, tendiéndole la mano—. Mi nombre es Mantonegro Cascosligeros.

—Yo soy Raligg Naggigg —sonrió a su vez el gigante—. Y probablemente sea buena idea que no apriete tu mano en la mía.

—Oh, sí, bien pensado.

Raligg volvió a su casa con la respuesta al acertijo de su tía, tres gatos y la cara arañada por uno de ellos.

—¿¡Qué te ha pasado!? —le preguntó Rega.

—Tuve que probarlos, para que no nos los vendiesen con las uñas limadas.

Después cogió tablones y herramientas, volvió al puesto de Mantonegro y, tras unos cuantos martillazos y un par de serruchadas, el tenderete del centauro estaba como nuevo y había ganado un amigo.

Mientras duró la feria acudió todos los días al puesto del centauro a curiosear entre sus animales, y profería exclamaciones de maravilla, animando a los vecinos a comprar perros, gatos, gallinas y cerdos. Cuando caía la tarde y los tenderetes cerraban sus toldos, el centauro acompañaba a Raligg a recoger el ganado, lo que con la velocidad de sus cascos le llevaba una décima parte del tiempo que tardaba el gigante. Y el centauro aprovechaba su fino oído para mantener a su nuevo amigo siempre lejos de la pandilla de Holigg.

Según iban pasando los días, centauro y gigante notaron que les invadía una cierta melancolía. El uno no tenía amigos porque recorría el mundo de un lado para otro, de feria en feria, sin tiempo para cimentar amistades. El otro no los tenía porque los gigantes de su edad estaban bajo el mando de un gigante estúpido. Y una vez la feria terminase, sus caminos tendrían que separarse.

El penúltimo día de la feria, en un instante en el que el centauro estaba solo, pues Raligg había tenido que ir a hacer recados para su tía, el silencio se hizo a su alrededor cuando uno de los Burócratas Grises se detuvo frente a su tenderete.

—Licencia del puesto, permisos de los animales, salvoconducto del valle y hoja de hospedaje —reclamó con tono monótono, y su propia voz lo hizo vibrar, como si fuera algún tipo de criatura sin huesos.

El centauro tragó saliva. Era su primer viaje como feriante: el encargado del puesto era su abuelo, que se había quedado en casa con una pata dolorida tras el frío del invierno, y le había advertido acerca de los Burócratas Grises. Todos los papeles estaban en una carpeta, en lo alto del baúl donde guardaba sus cosas. Se volvió y con manos nerviosas se hizo con ella y se la tendió al burócrata. Este la colocó bajo la suya, sacó un formulario de esta, la cambió de sitio con la del centauro, la abrió y comenzó a pasar papeles, verificándolos muy lentamente y marcando luego con una equis en el formulario que estaban en orden. Cada vez que deslizaba un dedo sobre el papel, quedaba en este una babilla, como la huella de un caracol. Tardó en terminar lo que parecieron horas, durante las cuales nadie se acercó al puesto. El temor, aburrido, dio paso al sopor, así que cuando por fin el Burócrata Gris finalizó su repaso, el centauro fue a bostezar en el mismo instante en que el otro le tendía la carpeta. El bostezo, profundo como las paredes del valle, le hizo lagrimear, y las lágrimas confundieron sus manos, que chocaron con las del burócrata, frías y viscosas al tacto. Las carpetas cayeron al barro que se formaba en el suelo por la humedad de la primavera y todo el trajín de pisotones de gigantes. El centauro se apresuró a recogerlas, limpiarlas contra su lomo y tenderle una al burócrata.

—Perdón —dijo Mantonegro, abriendo la suya... Pero, un momento, aquella no era su carpeta, estaba el formulario del burócrata, y tras él una lista, y sus ojos repasaron el título de la misma, «Ceremonia del Reclutamiento», y luego se detuvieron en un nombre que conocía, «Raligg Naggigg», escrito en mitad de aquel papel.

Entonces el burócrata, que ya había reparado en que habían cambiado las carpetas, recuperó la suya con un tirón y arrojó la del centauro de nuevo al barro, entre sus cascos.

—Perdón —repitió Mantonegro, mientras el funcionario se daba la vuelta y caminaba hasta el puesto de enfrente. El burócrata le ignoró. Desde el tenderete de al lado un herrero humano bufó con desprecio. Mantonegro lo conocía, y sabía que era amigo de su abuelo, habían coincidido en ferias anteriores. Se inclinó hacia él—. Hey, vecino, ¿qué es eso de la «Ceremonia del Reclutamiento»?

3

Las Criptas de Nigg

Debido a su forma serpenteante, las sombras de la tarde caían pronto sobre el valle, cuando el sol comenzaba a descender y se ocultaba tras los picos de las montañas al sudoeste. Además, estos picos solían retener hilachas de nubes que brillaban rojizas al sol de la tarde y que hacían que, al acabar determinados días, la luz que las traspasaba adoptara aires extraños, a veces bucólicos, otras tristes, otras fastuosos... y en ocasiones, muy de cuando en cuando, siniestros. Aquel atardecer, que oscurecía el cielo sobre Mantonegro y el herrero, era del último tipo, y la oscuridad fue instalándose entre las chozas mientras el herrero susurraba y el centauro aguzaba el oído.

El herrero le contó que cada año la primera feria de la primavera culminaba con aquel rito, en el que una serie de habitantes del valle eran reclutados por los burócratas para realizar trabajos por la comunidad. Se suponía que debía ser un honor y motivo de orgullo, o que alguien había deseado que así fuera, pero los burócratas eran tan tediosos que el honor era recibido con más fastidio que otra cosa, y si los gigantes lo aceptaban era tan solo por rutina, y porque pensaban que así resultarían de ayuda en alguna parte.

Cada ser elegido partía del valle y estaba ausente en principio durante siete meses, aunque a veces había escuchado hablar de servicios de años, en los que se suponía que ayudaban a otros pueblos a construir caminos, tender puentes, recoger las cosechas o en trabajos similares. Y cuando al cabo del tiempo los reclutas volvían hablaban de esos trabajos con un cierto orgullo y mucha confusión, pues los tres años de servicio aquí y allá parecían confundírseles en la memoria, a pesar de que alguno podía volver manco, o tuerto, o sin una oreja, siendo aun así incapaz de recordar exactamente la circunstancias de su drama. En cualquier caso, todos los que regresaban venían con una pequeña fortuna, lo que ayudaba a la siguiente hornada de reclutas a tomarse el tema con filosofía.

—Bueno —dijo Mantonegro, aliviado—, así que no son malas noticias, exactamente... ¿no?

Pero el herrero agachó la cabeza y escupió hacia un lado.

—¿Nnno? —imploró Mantonegro con una sonrisa forzada.

—No deberían serlo. Pero yo voy todos los años a las ferias, y uno conoce gente en sitios, y hay algunos que reclutan y que jamás regresan a casa, ni tras siete meses ni tras setenta años.

—Y... ¿qué puede ser de ellos?

El herrero esbozó una sonrisa agria.

—Corren rumores de que algunos de ellos pasan a formar parte de los burócratas.

Mantonegro sonrió de nuevo.

—No veo que eso pueda ser un problema para mi amigo. No le veo aburriendo a nadie por un formulario o un sello o un permiso...

El herrero callaba.

—¡Qué! —le apremió—, ¡dime qué sospechas, porque tú te hueles algo!

El herrero sacudió la cabeza.

—Es que el mundo no es como quieren hacernos creer que es. Las ausencias largas, o las desapariciones, se corresponden con sitios y fechas en las que no suele haber muchas ferias, aunque a veces, luego, con el tiempo, alguien monta alguna y los comerciantes vamos allí. Y lo que encontramos son ciudades abrasadas, ruinas y campos llenos de tumbas.

El centauro tragó saliva ruidosamente.

—Hay guerras ahí fuera —terminó el herrero—. Y para que haya guerras tiene que haber soldados.

Raligg soñaba con Dafne. Estaban en un remanso del arroyo. Él chapoteaba en el centro cantando una canción de pastores, y ella nadaba alrededor, bella y radiante, acompañando la música con una risa cantarina. Aunque la canción de pronto asumió un ritmo extraño, un «clic, clic, clic» nada rítmico y ajeno, un ruido que uno no esperaría encontrar ni en la voz de un gigante, ni en la risa de una ninfa ni en el ronroneo de un arroyo. Era más bien, pensó despertándose, como el sonido de piedrecillas impactando contra un cristal.

«Clic», escuchó de nuevo, ahora con los ojos abiertos y la vista en la ventana, tras la que entraba la luz de la luna. Se levantó maldiciendo lo que fuera que había interrumpido aquel sueño maravilloso, y miró a través del cristal esperando ver al idiota de Holigg arruinándole sus encuentros con Dafne hasta en sueños. Pero no, miró a un lado y a otro, y ahí fuera no había nadie.

«Clic». O tal vez sí. Bajó la vista y distinguió la sonrisa de Mantonegro, que se acomodaba un voluminoso petate y le hacía gestos para que abriese la ventana.

—¡Mantonegro! —dijo, mientras lo hacía—, ¿qué haces aquí a estas horas?

—Desafiarte —dijo este—. Aquel viejo gigante habló de unos tapices ocultos en alguna parte, ¿no?

—Sí, claro —respondió Raligg, sacudiendo la cabeza para despejarse—. Pero está prohibido ir allí.

—Eres un gallina, ¿no quieres conocer la historia de tu padre? ¿Descubrir la verdad, y todo eso?

—Sssí, claro —respondió, dubitativo.

—¡Pues vamos!

—Pero ¿¡ahora!? ¿Qué hora es?

Mantonegro miró al cielo. La luna menguante, muy fina, trepaba sobre los montes del este, lo que significaba que el amanecer estaba cerca. Así que alegremente mintió a su amigo:

—Debe hacer un par de horas que anocheció. Tenemos toda la noche por delante, y de noche es cuando más fácil nos resultará colarnos en las ruinas.

Raligg todavía dudó un rato, y Mantonegro tuvo que llamarle gallina media docena de veces más, mencionar que Holigg ya se hubiese apuntado a la aventura y fantasear sobre lo mucho que impresionaría su valor a Dafne cuando se lo contase, hasta que por fin el gigante se vio herido en su amor propio, cerró la ventana y al momento salió por la puerta, que cerró a sus espaldas sin hacer ruido.

—Vamos —gruñó—, maldita sabandija insomne.

El acceso a las criptas estaba en la parte trasera del ayuntamiento, al que se accedía por un laberinto de pequeñas callejuelas que los aleros de los edificios, los más altos y más viejos del valle, mantenían en una oscuridad casi absoluta. Los dos amigos los recorrieron intentando no tropezar.

Antes de doblar la última esquina Raligg apoyó una de sus manazas en el lomo de Mantonegro para que se estuviese quieto y asomó la cabeza con cautela.

—Lo que me temía —dijo, cuando terminó de escudriñar—, no podremos acercarnos. Los Burócratas Grises tienen puestos centinelas.

El centauro asomó la cabeza y vio dos siluetas a la luz de la luna, una vasta e informe y la otra diminuta y alada, que revoloteaba a su alrededor, los dos cubiertos por sus mantos grises. Entonces se dio la vuelta, sonriendo, desabrochó su petate y mostró el contenido a su compañero. Basta tela gris.

—¿¡Tienes uniformes de los burócratas!? —murmuró sorprendido Raligg.

—Qué va, son la lona de mi carromato y una manta. De hecho ni siquiera son grises, la lona es marrón y la manta azul, pero con esta oscuridad dan el pego, ¿no te parece?

Raligg dudaba.

—Mira —trató de convencerle—. Nos los ponemos y probamos. Iremos ocultos bajo la lona: si nos descubren, salimos pitando —y antes de que Raligg terminase de refunfuñar ya estaba lanzándole la lona y tratando de ajustársela para que pareciese un manto. Un minuto después salían del refugio del callejón hacia el par de centinelas.

—¡Quién va! —preguntó el más pequeño, revoloteando alarmado hasta colocarse tras su compañero.

—Vuestro relevo —dijo el centauro, impostando la voz, intentando que sonase sin tono y aburrida. Los dos centinelas cruzaron una mirada dubitativa.

—El relevo no debe llegar hasta el amanecer según la normativa A-42-Roble-II —gruñó el otro burócrata.

—Oh —respondió el centauro, sorprendido. Su plan no consideraba aquella opción. Pero Raligg dio un paso al frente y con la misma voz de su compañero tomó la palabra.

—Salvo cuando haya que aplicar la norma B-18-Sauce-IV —repuso. Los dos centinelas le miraron sorprendidos.

—Ehh... Nnno existe ninguna norma llamada así —repuso el más pequeño. Pero Raligg no se amilanó.

—Muy bien, has pasado la prueba. Me refiero a la norma C-4-Abeto-I.

—¿La norma de acciones en caso de aludes? —dijo extrañado el centinela de mayor tamaño.

—En el tercer párrafo, en efecto. Se temen aludes por culpa del deshielo, así que se multiplican las guardias —Raligg estaba lanzado: aquello estaba empezando a parecerle divertido.

—Bueno, no conozco en detalle esa norma... —comenzó a replicar el centinela alado.

—En ese caso me temo que mañana deberé reportar esa falta grave —intervino el centauro—. Y ahora largo de aquí.

Los dos centinelas asintieron precipitadamente y se marcharon. Los dos amigos se miraron el uno al otro intentando contener la risa. Cuando los burócratas doblaron la primera esquina, Raligg apoyó las manos en el picaporte. El centauro le miraba desde abajo: una figura de cuatro metros sobre una puerta pequeña para él, pero descomunal para cualquier otro, que debía pesar una tonelada, entre tanta madera y tanto refuerzo metálico.

—¿Y qué hay detrás de estas puertas? —preguntó nervioso, mientras hurgaba dentro de su zurrón y sacaba una lámpara de aceite—. ¿No habrá esqueletos, no?

—No tengo ni idea —respondió Raligg, empujando—. Jamás he traspasado este umbral.

Las puertas se abrieron con un crujido. Los dos compañeros las cruzaron y las cerraron a sus espaldas. El interior era desconcertantemente pequeño incluso para los estándares gigantes. Era una habitación que daba a un muro de roca en el que había un bajorrelieve, flanqueado por las estatuas deterioradas por el tiempo y la humedad de dos mamuts, de un par de metros de alto cada una, en sendos pedestales de granito, mirando cada uno hacia una pared, como si se estuviesen ignorando el uno al otro. Raligg le pidió la linterna a Mantonegro y la elevó para examinar el bajorrelieve.

—Si eso recoge la historia completa de tu pueblo parece que habéis pasado mucho tiempo ocupados no haciendo absolutamente nada —dijo el centauro, desilusionado.

—Creo que esto es otra cosa —le tranquilizó el gigante, levantando el dedo y señalando la parte izquierda—. Fíjate, son dibujos con un texto debajo... aquí pone que Krigg, un viejo rey gigante de las leyendas, tenía dos hijos gemelos, idénticos hasta el punto de que nunca se supo cual fue el primero en nacer, de modo que el tema de la primogenitura era problemático —su dedo recorría las figuras del viejo Krigg y sus dos hijos y las runas que, bajo ellos, explicaban la historia—. Y aquí dice que les puso una prueba, y que a cada uno le regaló un mamut...

—¿Qué diablos es un mamut? —preguntó el centauro.

—Eran estos elefantes gigantes, cubiertos de pelo, que los gigantes de otros tiempos usaban de montura —explicó Raligg, señalando las estatuas—. El caso es que el rey les dijo que tendrían que hacer una carrera de mamuts a través del valle, pero que el ganador sería el dueño del mamut que llegase en segundo lugar.

—¿Cómo? —protestó el gigante—. Eso no tiene ningún sentido.

—Quizá es que no quisiera dejarle el reino a ninguno de los dos —sugirió Raligg—. O tal vez fuese una prueba de otro tipo. A ver qué más dice aquí... pone que iban a paso de tortuga, claro, hasta que se encontraron con un hechicero que, extrañado, les preguntó qué hacían prácticamente parados encima de dos mamuts. Así que los gigantes desmontaron y le contaron su problema al hechicero, y este, después de mucho pensar, les dijo algo. Montaron de nuevo y partieron a toda velocidad hacia la meta...

Se hizo el silencio.

—¿Y qué más? —quiso saber el centauro.

—No pone nada más —dijo Raligg, pensativo.

—Maldita sea, es otro acertijo —gruñó Mantonegro—. Solo puedo con un acertijo al día.

Raligg se limitó a rascarse los arañazos de gato, y pensó en su tía, y pensó en la historia, y pensó en cómo funcionaban los acertijos.

—Un acertijo es una historia que tiene sentido, disfrazada de una que no o bien porque hay algo que nos despista, como lo de los cien ratones en cien minutos de mi tía, o bien porque hay algo que no se nos dice, y que debemos adivinar.

—¡Pero puede ser cualquier cosa! —protestó el centauro.

—No, no puede ser cualquier cosa: debe ser lo único que hace que el acertijo tenga sentido. ¿Por qué corren?

—No tiene sentido que corran —pensó en voz alta el centauro—, porque el que llegue el primero perderá. ¿Igual el hechicero les convenció de que ser rey era un tostón, todo el día recibiendo a idiotas en audiencia y todo eso?

—No, no, eso no tendría sentido, entonces no habrían seguido corriendo. Si corrían deprisa era porque después de hablar con el hechicero cada uno quería llegar el primero a la meta para ser rey...

—Pero has dicho que el jinete que llegase primero perdería.

—No, ¡no pone eso! —exclamó Raligg, dejando la lámpara en el suelo, acercándose a la estatua de la derecha, alzándola en vilo y bajándola de su pedestal—. Pone que el dueño del mamut que llegase segundo a la meta ganaría —y caminó hasta la otra estatua, la levantó y la colocó sobre el pedestal vacío. Luego levantó la estatua del suelo—. Se cambiaron los mamuts: cada uno corría con el del otro, de modo que el perdedor sería el segundo, porque el ganador montaba su mamut.

Y colocó la estatua en el pedestal. Ahora los dos mamuts, cambiados de sitio, se miraban el uno al otro. De alguna parte bajo sus pies sonó el ruido de un mecanismo que se activaba, y el bajorrelieve se dividió en dos mitades que se abrieron desvelando un túnel que descendía hacia las profundidades, en el que los ecos de los movimientos de las piedras se repetían una y otra vez, cada vez más tenues y más profundos, como si aquel pasadizo no tuviera fin.

4

La Saga de la Señora de los Mil Inviernos

Un laberinto de pasajes con los muros grabados a ambos lados recorría lo que parecía ser el subsuelo de todo el valle. El centauro caminaba pegado a su compañero, intimidado por la enormidad del túnel casi siempre descendente, el ruido del agua que rezumaba y goteaba en rincones remotos, la penumbra que les esperaba y les perseguía según avanzaban y las escenas de los bajorrelieves. El túnel se quebraba de vez en cuando en recodos cerrados, lo que hacía imposible tener una idea de su longitud total o, tras recorrer unos cuantos, saber en qué dirección estaban yendo.

Los gigantes que había en los grabados no eran como los que Raligg o Mantonegro conocían. Moles imponentes cubiertas de pies a cabeza por armaduras descomunales que cargaban hachas cuyo mango bien podría haber sido el tronco completo de un buen enebro, o martillos con cabezas erizadas de espinas. Bajo cada uno de ellos, en las runas elaboradas que usaban los gigantes, figuraba el nombre y el apellido, así como dos cifras, probablemente el año de su nacimiento y el de su muerte.

—¡Naggigg! —gritó el centauro, y el eco multiplicó su grito por los corredores, lo que le asustó todavía más—, ¿ese es tu apellido, no? —murmuró ahora, para evitar el eco.

—Así es.

—Pues este se apellida igual que tú, ¡quizá sea tu padre!

Raligg se rascó la barbilla. La figura le sonaba tremendamente familiar y sin duda guardaba un cierto parecido con la imagen que podía ver en cualquier espejo, pero algo no cuadraba. Al fin descubrió qué:

—No, fíjate en los años. Ese gigante murió hace más de cuatrocientos años.

—¿Y este? —y el centauro señaló a otro varios pasos más allá. Descubrieron que había toda una saga de Naggiggs, que por las fechas probablemente eran padres e hijos, y todos ellos guardaban un parecido razonable y creciente con Raligg. Entre unos y otros, recodo tras recodo, había grabadas complejas escenas, algunas arruinadas por la humedad, las grietas o la ocasional raíz de un árbol, en las que ejércitos de gigantes y otras criaturas libraban guerras y batallas contra ejércitos de lagartos y dragones, hombres y espectros. En casi todas ellas Raligg observó que aparecía una figura femenina. Al inclinarse sobre ella observó que los rasgos de su rostro estaban difuminados, aunque siempre llevaba un cetro en la mano izquierda y una corona con una gema sobre la frente y rematada por siete puntas: era la única forma de reconocerla, pero siempre estaba allí, en todas las escenas, al otro lado del campo de batalla, como si comandase los ejércitos enemigos.

—¿Quién debe ser esta mujer? —preguntó—. Aparece en muchas escenas de batallas, pero entre las más viejas y estas hay cientos de años de diferencia, no puede ser tan vieja.

—Bueno, en esta parece que finalmente muere —dijo el centauro mientras avanzaban hasta la siguiente escena de batalla. Efectivamente, al final de aquella se veía a los gigantes victoriosos y a unas criaturas encapuchadas retirándose con lo que parecían los restos de su señora—. A no ser que no esté más que herida...

—Pero sí parece que se ha llevado los suyo.

—No sé, igual tiene un buen médico.

—Mantonegro —le respondió, señalando con el dedo a un punto de la escena y luego a otro—, pero si se llevan su cuerpo en un carromato y su cabeza en otro...

—Bueno, no sé, igual la llevan a que se la cosa un muy buen sastre.

Bajo aquella escena había escrito algo en apretadas runas: describían a la misteriosa mujer como la Señora de los Mil Inviernos. Raligg leyó el nombre en voz alta, y el eco le dio un cariz siniestro según lo extendía por el pasadizo.

—Si tiene mil inviernos igual siempre era la misma señora. Mil inviernos son muchos, desde luego.

Raligg observó el horizonte grabado hacia el que parecían dirigirse aquellos carromatos. Allí se representaba una ciudad muy lejana, que apenas podía distinguirse, sobre la que el grabador había dibujado una pequeña botella envuelta con una franja en la que se leía «Hechisu».

—Probablemente se trate de muchas mujeres distintas, igual que los Naggiggs, tal vez son madres e hijas.

—Sí, a lo mejor se van pasando el número de inviernos de unas a otras, o algo así.

—Eso debe ser.

Siguieron avanzando y mientras lo hacían las figuras encapuchadas cobraron protagonismo, se multiplicaron y llenaron los grabados.

—¿No resultan familiares? —quiso saber el centauro.

—¿Crees que son los Burócratas Grises? —preguntó Raligg, golpeando uno con la uña de su dedo índice.

Las figuras encapuchadas aparecían en los pueblos, señalando a sus habitantes tareas, recaudando impuestos y diezmos y recogiendo formularios y documentos que almacenaban en un carromato lleno de rollos de papel escrito.

—Míralos —contestó Mantonegro—: dime de qué color pintarías esas túnicas, si tuviésemos pintura.

Como los burócratas que conocían, eran de toda condición y tamaño, siempre encapuchados, siempre a cargo de las tareas administrativas, siempre ahogándolo todo en trámites y procedimientos y rutinas.

—Gris —admitió Raligg.

A partir de la aparición de los Burócratas Grises los gigantes pasaron a tener un aspecto más cotidiano, civilizado y tranquilo. Se acabaron las armas descomunales y las armaduras inmensas para dar paso a gigantes ataviados con sencillas túnicas y vestidos para el trabajo. Pero tras los Burócratas Grises aparecía de nuevo la Señora de los Mil Inviernos.

—Debe tratarse de su hija o su nieta —musitó Mantonegro esperanzado.

—Probablemente. Pero, mira, es como las descripciones de las batallas, la mujer está detrás de los burócratas, como si estuviese a su mando, aunque más lejos, escondida.

—Pero... esto no es una escena de guerra. Es como si hubiesen llegado a un acuerdo, o algo así...

—O como si hubiésemos perdido una guerra sin darnos cuenta de haberla librado —murmuró Raligg.

Poco después encontraron el último de los Naggiggs: había nacido cincuenta años atrás. A Raligg se le encogió el corazón y lo estudió con detenimiento.

—Tiene que ser este.

—Desde luego teníais aficiones parecidas —dijo Mantonegro, que se había adelantado de nuevo. Raligg caminó hasta él: su padre aparecía allí pastoreando rebaños por las montañas.

—No tiene el mismo aspecto que los guerreros imponentes de antes, la verdad —murmuró Raligg, desilusionado al pensar que tras una larga estirpe de héroes y guerreros su padre parecía haber sido un simple pastor, como él mismo estaba destinado a ser.

—No te fíes, mira esto.

Avanzó para ver una escena en la plaza en la que los burócratas señalaban a algunos gigantes, entre ellos el que probablemente fuese el padre de Raligg.

—La Ceremonia del Reclutamiento —supuso Mantonegro.

—Eso parece.

Los siguientes episodios eran cuando menos inquietantes: se veía a los gigantes designados arrastrados entre cadenas por montañas y valles, y luego tirando de grandes máquinas, excavando, cargando cosas de acá para allá, y destruyendo aldeas junto a las criaturas que, escenas atrás, combatían: en estas representaciones también aparecía la dama del rostro difuminado, solo que esta vez se diría que estaba en el bando de los gigantes. El ejército marchaba a lo largo de los grabados, arrasando unas cuantas ciudades, hasta que en el último de la serie el que tal vez fuese el padre de Raligg y un puñado de gigantes más estaban en el lado contrario al del ejército de la mujer coronada, y de hecho parecía que luchaba con ella, contra el resto de gigantes y contra las tropas de la dama misteriosa.

Después el túnel giraba la izquierda, y al doblar la esquina los dos dieron un grito: en el suelo había dos figuras caídas. Una de ellas era del tamaño de un humano y estaba envuelta en una túnica gris, y la otra tenía la forma de un gigante. Solo quedaban huesos, restos de ropa y algunos objetos, entre los que se distinguía un puñal todavía aferrado entre los huesudos dedos del humano.

—Es-es-es-esqueletos —temblaba Mantonegro.

—No pasa nada —le tranquilizó Raligg—. Son solo huesos, tú también tienes unos cuantos. Déjamelos a mí, tú mira el grabado. Dime qué ves.

—Va-va-vale —y el centauro centró su atención en la pared. Mientras Raligg apartaba con cuidado el esqueleto del humano el centauro describió un grabado mucho menos detallado y más basto, como si el artesano hubiese tenido poco tiempo para hacerlo o miedo de no poder terminarlo. En él, un grupo formado por uno de los gigantes, una mujer armada con un hacha y un hombre vestido con una túnica que empuñaba un cayado retorcido luchaban contra la mujer; acababan con ella pero resultaban heridos de muerte en el proceso por los rayos que surgían del bastón de la dama. Raligg se preguntó si aquel gigante sería su padre. Sobre el cadáver de ella parecía flotar su espectro, que recogía la misma botella que antes se hallaba sobre la aldea remota. Sus habitantes rendían honores ante los restos de los tres rivales de aquella mujer.

—Parece que a los habitantes de aquella ciudad mi padre y los gigantes que cambiaron de bando les salvaron la vida —opinó Raligg, mientras miraba los esqueletos. No quedaba gran cosa de sus pertenencias, salvo un cinto del que pendía un hacha y los harapos de sus ropas, entre los que todavía podía distinguirse la puñalada que, por la espalda, a la altura del riñón izquierdo, había terminado con su vida. Temía que tenía ante él al autor de los últimos grabados y al burócrata que había sido su asesino.

El centauro guardó silencio. Aquello era tan extraño que Raligg se volvió hacia él. Mantonegro miraba el grabado de la ciudad, y el gigante se puso en pie, caminó hasta él y la contempló. La cruzaba un río que hacía una pronunciada ese y sobre la curva central se erigía un castillo con cinco torres, que parecía una mano extendida hacia el cielo.

—¿Qué pasa? —le preguntó Raligg.

—Que conozco esa ciudad —respondió el centauro.

5

Emboscada

Mientras Mantonegro se estremecía aterrorizado Raligg extrajo con cuidado el puñal de entre los huesos del esqueleto del gigante. La hoja estaba roñosa y oxidada, pero el mango todavía se mantenía en buen estado, labrado con dibujos dorados y plateados que representaban serpientes enroscadas, y rematado por un pomo en el que una gema verde lanzaba destellos a la luz de la lámpara.

—Regresemos —dijo Raligg, y ambos dieron la vuelta y desandaron el camino. Ahora que no iban atentos a los grabados de las paredes fueron conscientes de la longitud descomunal del túnel, que tardaron un par de horas en recorrer. Cuando por fin alcanzaron el tramo final Raligg observó con pasmo que un raudal de luz entraba por las puertas abiertas como a borbotones, en espasmos de intensidad y oscuridad.

—¿De dónde viene esa luz en mitad de la noche?

—Bueno —comenzó a disculparse el centauro—, quizá me equivocase un poco cuando fui a buscarte y te dije que era temprano... debía faltar muy poco para el amanecer.

Raligg se apresuró hacia la salida.

—¡Pero entonces debe ser mediodía! ¡La Ceremonia del Reclutamiento era a primera hora!

Cruzaron las puertas y salieron a la explanada de detrás del ayuntamiento, un caos de ceniza y escombros humeantes. Entre ellos los mercaderes rebuscaban los restos de sus trastos y los cargaban de cualquier manera en las pocas carretas intactas que veían. Cuando Raligg se alzó sobre ellos todos dieron un paso atrás y se hizo el silencio en la plaza.

—¿Qué demonios ha pasado aquí? —preguntó.

Por toda respuesta los mercaderes alzaron sus pertenencias y salieron huyendo de la plaza.

—¡Espera, espera! —gritó Mantonegro, lanzándose a galope y trayendo de vuelta a su amigo el herrero, prácticamente a rastras—. ¿Qué ha pasado aquí? —le preguntó.

El herrero se revolvió inquieto hasta que Raligg le agarró la cabeza entre dos dedos y le obligó a levantarla y mirarle a los ojos.

—¿Qué ha pasado aquí? —repitió.

—Una locura —respondió por fin el herrero, soltándose y sacudiéndose la ropa—. Llegó la hora de la dichosa Ceremonia del Reclutamiento, y los burócratas comenzaron a leer nombres. Aquellos a quienes nombraban daban un paso al frente, y uno de esos encapuchados les tendía una túnica roja y los colocaba en una fila. Continuaron hasta que dijeron un nombre y nadie dio un paso al frente —miró a Raligg—, asumo que sería tu nombre. Y como no aparecías por ninguna parte uno de ellos, el que leía, estalló de furia, y de pronto todos se volvieron locos de atar y comenzaron a destrozarlo todo, buscándote, como si un gigante pudiese esconderse entre los bártulos de un tenderete o detrás de un mostrador. Luego empezaron a registrar las casas y se llevaron a los reclutas que ya habían encontrado y los obligaron a salir corriendo del pueblo. El resto de ellos terminó de arrasar la aldea, quemaron los restos y luego partieron tras los demás con un montón de rehenes, todo aquel que opuso la más mínima resistencia.

—¡Dafne! —gritó Raligg—, ¡y mi tía! ¿Había con ellos una gigante anciana llamada Rega y una ninfa?

El herrero resopló y sacudió la cabeza.

—Había muchas gigantes ancianas y una ninfa.

Raligg aulló.

—Asumiré también que Dafne es el nombre de la ninfa —dedujo el herrero.

—¡Debemos seguirles, liberarlos, hacer algo! —exclamó Mantonegro—. ¿Qué ruta tomaron, hacia las montañas?

—No —negó el herrero—, cruzaron el arroyo, rumbo a la salida del valle. No sé dónde los llevarán, pero será lejos de aquí.

Eso fue todo lo que Raligg pudo aguantar antes de darles la espalda. Avanzó camino abajo, recorriendo las huellas de aquel desastre.

La visión de Raligg se nubló y sintió cómo le temblaban las piernas, se le hacía un nudo en la garganta y el corazón se le detenía. Abrió la boca, alzó la cabeza al cielo y soltó un bramido largo y desgarrado, y cuando todo el aire cargado de dolor y de furia abandonó sus pulmones respiró con fuerza y echó a correr, saltando sobre puestos deshechos y restos de hogueras, entre nubes de pavesas que sus pasos levantaban al hacer temblar el suelo en su carrera. Tras él escuchaba el ruido de los cascos de Mantonegro, que lo perseguía a galope, gritando su nombre. Incluso con sus cuatro patas el centauro tenía problemas para seguir el ritmo de las descomunales zancadas del gigante.

Así cruzaron el camino, adelantando carretas de comerciantes que huían con lo que habían podido salvar del desastre rumbo a sus hogares, y atravesaron campos de cultivo, parcelas de frutales en las que asomaban tímidas las primeras flores y pequeños bosquecillos, trozos del bosque que se infiltraban en el valle. Después de una hora de carrera Raligg se detuvo y miró atrás: ya no se distinguía su casa, el único signo del pueblo era el humo de las hogueras que se enroscaba en el aire del mediodía, y nada de lo que le rodeaba le resultaba familiar. Jamás había estado tan lejos de casa. El centauro le alcanzó caminando al paso de una carreta.

—¿Dónde se dirigirán? —preguntó Raligg, ansioso.

—No debería ser difícil seguir su rastro —respondió el centauro, señalando los márgenes del camino, que aparecían pisoteados por docenas de pies, inmensos y pesados como los de Raligg—: los gigantes no sois seres difíciles de seguir.

—Oh —comprendió Raligg, que habituado a su pisada nunca había observado lo fácil que era de distinguir la huella de un gigante. Se hundían en el terreno varios centímetros, machacando hierba y gravilla. El efecto de varias docenas de pisadas diferentes era una ampliación instantánea del camino, que quedaba ensanchado y firme. Observó las huellas más de cerca e imaginó, entre ellas, las de Dafne, invisibles, livianas, insignificantes entre las demás, como un suspiro en un vendaval. Dos cosas llamaron su atención: un trozo de tela rasgado, con una leve mancha de sangre, y otras manchas de sangre en el contorno de algunas pisadas: avanzaban a latigazos, y a un ritmo que hacía que a algunos les sangrasen los pies.

—Si seguimos el rastro encontraremos a los reclutas y al resto —el centauro señaló al frente—. Aunque quizá deberíamos pensar qué haremos cuando demos con ellos.

Raligg no le escuchó, sino que comenzó a correr de nuevo, ahora más lentamente, pues iba prestando atención a los márgenes del camino. Mantonegro cabalgaba a su lado en silencio.

Recorrieron los últimos tramos de campos que formaban parte del Valle de Nigg y se adentraron en el bosque que era su frontera exterior, al pie de las montañas. Los árboles eran altos, viejos, gruesos y retorcidos, y ni siquiera Raligg podía alcanzar sus hojas más bajas. Bajo ellos, a pocos metros del camino, los matorrales y la maleza crecían salvajes y espesos. Llevaban recorridos tan solo un par de kilómetros de camino a través del bosque cuando Raligg se detuvo y se concentró en el suelo bajo sus pies, en el lado izquierdo del sendero. El centauro se colocó junto a él.

—Mira —le dijo—, un par de pisadas se alejan hacia los matorrales.

Las siguieron; serpenteaban entre matorrales grandes como graneros y montones de rocas, y el rastro era difícil de seguir en la penumbra del bosque, por lo que varias veces lo perdieron y tuvieron que vagar en círculos buscando una pisada en el barro, un matorral aplastado o una hebra de tela prendida en una zarza. Finalmente llegaron a una bóveda bajo las copas de los árboles en la que, junto a un arroyo, se acumulaban las ruinas de un antiguo molino. Las huellas conducían directamente detrás de los restos de su tapia. Los dos amigos los bordearon conteniendo la respiración.

—¡Holigg! —exclamó Raligg, sorprendido: allí estaba su enemigo, el gigante de sus pesadillas, cubierto de harapos rasgados por el látigo, sucio de barro, sangrando por una fea herida en el costado y acurrucado junto al muro.

—¿Raligg? —preguntó extrañado—, ¿qué haces aquí, dónde diablos te metiste esta mañana?

—Me perdí, y no llegué a la Ceremonia del Reclutamiento —dijo, pensando que Holigg comenzaría inmediatamente a llamarle cobarde y traidor y a mentar a su padre. Pero en lugar de eso su enemigo lo miró seriamente durante medio minuto.

—¿Y qué haces aquí ahora? ¡Deberías buscar una cueva en las montañas y esconderte hasta que se olviden de ti!

—¿Y Dafne? —preguntó Raligg—, ¿escapó contigo? —y miró alrededor, ilusionado—, ¿anda por aquí?

Holigg bajó la mirada y negó lentamente.

—Me hirieron, intenté protestar por cómo nos estaban tratando, y uno de ellos sacó una espada corta y me la clavó en el costado. Caí, y debió darme por muerto, así que cuando desaparecieron por el camino hui y me escondí aquí. ¡Debemos huir! ¡Vayamos a las montañas!

Raligg negó con la cabeza.

—No, iremos tras ellos. Debemos rescatar a los nuestros, debemos rescatar a Dafne, Holigg.

Holigg levantó al cabeza y le miró sorprendido.

—¿Has perdido el juicio?

Raligg pensó en el valle, en su tía, ya mayor y sin su ayuda, y en todas esas vacas empeñadas en perderse y hacer de cebo de los grifos. Pensó en la siembra y en todas las tareas que había que hacer en primavera y verano, y pensó en su cama y en los largos días de trabajo, y en las noches mirando las estrellas en el césped delante de casa, antes de dormir. Pensó en su valle sin Dafne.

—Debo ir tras ellos —repuso al fin—. Tú vuelve al valle, haz que te miren esa herida y ayúdales a reconstruir la aldea.

Holigg lo miró y se incorporó con una mueca de dolor.

—Raligg Naggigg —dijo, con voz entrecortada—, cuando esta mañana dijeron tu nombre y no apareciste pensé que te habías escondido de los burócratas, pensé que eras un cobarde. Siempre lo he pensado.

Raligg cerró los puños y notó cómo una furia que desconocía le hacía hervir la sangre. Pero Holigg se estaba mostrando amistoso.

—Pero si vas a ir tras ellos —prosiguió este, tendiéndole la mano—, debo pedirte perdón, pues estaba equivocado, siempre he estado equivocado contigo.

Raligg le estrechó la mano, un apretón lento y profundo. Después dio media vuelta y, perseguido por el centauro, corrió de vuelta al camino y luego tras el rastro de los burócratas y sus prisioneros.

El camino continuó serpenteando por el bosque. Corrían sin hacer pausas más que para descansar y recuperar el resuello cuando encontraban un arroyo en el que beber algo de agua que refrescase sus gargantas exhaustas. Cuando cayó la tarde, la luz bajo las copas de los árboles se volvió tan tenue que era casi imposible distinguir el sendero. Mantonegro estaba buscando una forma delicada de decir que quizá fuese hora de pensar cómo iban a pasar la noche en mitad del bosque, cuando el camino se adentró entre unos peñascos, con sus bases cubiertas de maleza. El sendero súbitamente retorcido les obligó a aminorar el paso. Y de pronto los arbustos parecieron cobrar vida cuando de ellos saltaron unas criaturas horrendas, vestidas con armaduras oxidadas y armadas con cimitarras y lanzas de hojas largas y retorcidas.

—¡Trasgos! —gritó Mantonegro. Los dos amigos, rodeados de armas, se apretaron el uno contra el otro.

—Vaya, vaya —dijo uno de ellos—, ¿qué tenemos aquí?

—Una presa valiosa —dijo otro, a sus espaldas.

—Mano de obra para los puertos de Rolgur, o para las canteras de Karn.

—Y un centauro... —dijo otro, pinchando el costado de Mantonegro con su sable—. Ya iba siendo hora. Estoy harto de cenar hongos y alimañas.

II

Los Clanes en guerra

6

Mayisius

Años de práctica habían logrado que se despertara al alba, cuando el primer rayo de sol surcaba el cielo de este a oeste y los hechizos de la noche comenzaban a desvanecerse. Bostezó y lanzó de nuevo la magia protectora sobre su persona, distraído, mientras se ponía en pie y se alisaba la túnica llena de remiendos y se rascaba, tratando de peinarse la barba, que se retorcía tras el paso de sus manos como si tuviese vida propia. Docenas de hojas secas se desprendieron de él, cayendo al suelo en zigzag, lentamente. Miró el interior de su refugio nocturno, que estaba empezando a temblar ligeramente; paredes y suelo de madera sin una sola junta, un lecho de hojas que todavía seguía encontrando en el bigote y bajo el sombrero, un cono de tela enderezado por incontables hechizos y tratamientos de almidón que, aun así, parecía haberle servido de almohada demasiado a menudo. Recogió su cayado, un palo tan retorcido como el sombrero y coronado por un pomo de hierro que sujetaba un pedrusco redondo, lo apuntó hacia la pared, lo movió hacia los lados y la pared se desgajó, mostrando el exterior.

—¡Buenos días, Señor Árbol! —murmuró entre dientes mientras atravesaba la grieta en la pared—, permítame que le moleste una última vez, y ya le dejo en paz por siempre jamás.

Entonces se dio la vuelta, recogió un zurrón de una esquina, giró el bastón en círculos alrededor de la grieta, y las paredes de madera de lo que antes parecía una choza se desinflaron, se encogieron y volvieron a adoptar la forma del árbol que eran antes de que la noche anterior un mago decidiese hospedarse en su interior. El árbol, liberado de la magia, retorció sus ramas, quizá por casualidad o quizá por un comprensible rencor, y el mago debió agacharse para esquivar una rama que pasaba volando justo por donde un instante antes estaba su cabeza, y saltar para librarse de unas raíces que dejaban de ser vigas para volver a buscar agua en el subsuelo.

—¡Qué modales! ¡Estos árboles de hoy en día! —murmuró el mago, alejándose—, y no como los bosques de antes; en mis tiempos, los bosques eran tan sumamente educados que...

Pero un rugido que lo puso en alerta le interrumpió: pegó un brinco, separó las piernas, aferró el bastón con las dos manos, blandiéndolo de un lado para otro a tal velocidad que cortaba el aire con un zumbido. Hasta que el rugido volvió, acompañado por un temblor, y entonces comprendió que se originaba en su propio estómago.

—Oh —dijo—. Oh. Comprendo.

La noche anterior, cansado de vagar por los montes, había cenado magia, y la salida del sol la había deshecho, de manera que sus tripas, traicionadas, tenían hambre.

—¡Desayunaré! —exclamó, mientras levantaba el bastón hacia las alturas, cerraba los ojos y canturreaba algo en un idioma imposible, antes de contener la respiración en silencio. Cuando ya no pudo aguantar sin abrir la boca y tomar aire dejó caer el bastón, todavía sin dejar de apretar los párpados. Sonó «clonk», abrió los ojos y a sus pies encontró una liebre descalabrada.

—Oh, animalito —dijo—, lo siento, lo siento mucho. Pero un mago tiene que comer, no siempre magia, o será un esqueleto andante, y los esqueletos andantes son algo realmente espantoso.

Hablaba siempre en un murmullo, y no se detenía mientras rebuscaba entre sus ropas, apilando unas raíces secas a patadas al tiempo que sacaba yesca y pedernal, se agachaba y hacía saltar una chispa que humeaba sobre una raíz.

—Uno podría pensar, señora liebre, que un esqueleto serviría al menos para hacer un caldo digno pero, créame, ni eso, ni eso.

Entonces murmuró otro par de palabras no diseñadas para pronunciarse a través de cuerdas vocales, sopló, y de las raíces brotó una vistosa hoguera que le chamuscó las cejas y la punta del sombrero, que se había doblado hacia delante. Sonrió, orgulloso de cómo le había salido el fuego, y lanzó sobre la pira a la liebre, sin dejar de recitar palabras mientras esta flotaba sobre las llamas, perdía la piel y se iba cocinando al mismo tiempo que el mago hacía unos ejercicios de estiramiento para desentumecer los huesos, murmurando «hop, hop, hop».

Poco después se puso en marcha, mordisqueando un cuarto trasero bien hecho en la hoguera mágica, que tendría que digerir antes de que el efecto del fuego se disipara, si no quería sufrir una digestión muy pesada.

—...Otra vez —murmuró, acariciándose la barriga y recordando dolores no demasiado remotos—...

Luego caminó hasta el arroyo más cercano, dejó caer el zurrón, se desprendió de sus alpargatas, apenas unas tiras de cuero andrajoso con suelas de esparto en las que se veían las siluetas de unos cuantos mordiscos, sumergió los pies en el agua, dejó el bastón con cuidado cruzado sobre las alpargatas y el zurrón, hizo un cuenco con las manos y con cuidado se lavó la frente, los mofletes y la nariz, intentando mojarse la barba lo menos posible.

—¡Cállate! —gritó de pronto, haciendo que una bandada de pájaros alzara el vuelo de entre las copas de los árboles que había sobre su cabeza, y girándose hacia el aire vacío—. ¡Siempre estás con lo mismo! ¡Cállate y déjame en paz! ¡Quiero buscar setas, y setas buscaré!

Después movió la cabeza en otra dirección, en la que tampoco había absolutamente nadie.

—Perdón —dijo, de nuevo en susurros—. Es que me saca de quicio.

Y salió del arroyo, se calzó, recogió sus cosas y comenzó a pasear por el bosque. De cuando en cuando se agachaba a mirar un hongo o una seta y trataba de ver si eran venenosos echándoles vaho y frotando sus pies con la manga de su túnica. A veces depositaba alguna seta en el zurrón, pero cuando lo hacía echaba un vistazo al interior y por cada dos o tres que metía sacaba una, que miraba con aire suspicaz, suspirando, y susurraba otras palabras, vuelta a soplar y la seta salía volando mientras él la despedía con la mano, sonriendo embobado.

—Adiós, adiós.

Así pasaba la mañana para el mago. Al mediodía solía detenerse para echar una siesta, de la que despertaba tarde y despistado. Luego vagaba por ahí un tiempo hasta que decidía dejar de buscar setas para buscar nidos de lechuza, así que comenzaba entonces a tropezar con las raíces, mientras iba de un lado para otro mirando hacia arriba, entre los árboles, en busca de dichos nidos e intentando recordar si por la noche había escuchado ulular a alguno de aquellos pájaros por esa zona, sin mucho éxito: alegres porque por fin alguien los reclamaba, demasiados recuerdos confusos y enredados acudían a su maltrecha memoria. A su alrededor caía el sol de la tarde, cuando pasó junto a unos peñascos. A su izquierda se abría un hueco entre la espesura que le permitió ver, a un par de docenas de zancadas, a un gigante que le resultó muy extraño y a un centauro, rodeados por una jauría de trasgos que los amenazaban con sus armas.

—¡Oh! —exclamó—, ¡visita!

Todos se detuvieron y le miraron. El primero en reaccionar fue el extraño gigante, que abrió la boca y gritó:

—¡Socorro!

Entonces el mago dio un respingo y miró por encima de su hombro.

—¿A quién? —preguntó, mientras la mitad de los trasgos giraban hacia él sus armas y la otra mitad cerraban el cerco sobre sus presas.

—¡A nosotros, nos han tendido una emboscada! —imploró el gigante. El mago lo miró frunciendo las cejas y se dio una palmada en la frente.

—¡Ya sé por qué te veo extraño! Los otros gigantes con los que me he topado en mi larga y entretenida vida eran mucho más altos que tú. ¿Eres un gigante enano, o algo así? —preguntó, ilusionado. Descubrir criaturas mágicas era algo que aportaba mucho prestigio, y probablemente le dejarían inventarle un nombre a la nueva especie.

—Eh... —titubeó Raligg—, es que tengo catorce años... —y luego, cuando salió del estupor provocado por la visión de aquel anciano loco, insistió—: ¡Ayúdenos, nos quieren hacer esclavos, o cenar, o algo igualmente terrible!

—Qué curioso, ¡un niño gigante! —el mago rio para sí—. Dime —gritó luego de nuevo—, ¿cuánto mides?

—Cu... cu... ¿cuatro metros?...

—Lo que hará que peses algo menos de una tonelada y media... hijo, ¿sabes cuánto mide y cuánto pesa un trasgo?

—Esto... no, pero...

—Miden como una tercera parte de lo que tú, lo que significa que pesan unas tres por tres por tres veces, igual a tres por más o menos diez veces, igual a treinta veces menos, redondeando a la baja.

Entonces se hizo otro silencio en el claro.

—¿Tú te has visto? —insistió el mago—, ¿y les has visto a ellos?

Hasta que algo se deshizo en el fondo de la mente de Raligg y contempló el mundo a su alrededor con una claridad diáfana. Súbitamente consciente de las implicaciones de las palabras del mago, alzó su pierna derecha, la colocó sobre un trasgo que lo miraba incrédulo y la dejó caer, para luego lanzarla como un obús hacia el siguiente trasgo, que voló por los aires hasta impactar contra un compañero, con un ruido crujiente. A continuación, probó a dar otra patada al siguiente trasgo en cercanía, que igualmente voló, perdiéndose entre las copas de los árboles. Dos pisotones y un par de patadas más tarde, en el claro había unos cuantos trasgos aplastados y machacados, un gigante sorprendido, un centauro todavía más sorprendido y un mago que cruzaba la distancia que le separaba de ellos.

—Gra... gra... ¿gracias, supongo? —dijo Raligg, agachándose y tendiéndole la mano—. Mi nombre es Raligg, Raligg Naggigg.

El mago miró la mano del gigante intentando ver por dónde asirla, hasta que se dio por vencido, agarró el dedo meñique y trató de zarandearlo arriba y abajo.

—¡Es todo un placer encontrar gente real! —dijo—, mi nombre es ¡Mayisius!

—Hola, qué tal, yo soy Mantonegro, Mantonegro Cascosligeros.

—Hola, señor centauro. Mi nombre es ¡Mayisius!

—Eh... —el centauro dio un paso atrás—, ya, le he escuchado antes...

—Sigue siendo el mismo nombre, nunca está de más comprobarlo por si acaso —sonrió el mago, antes de girarse y murmurar, hacia sus espaldas, muy bajito—, ¡cállate!

7

Leyendas

Una hoguera crepitaba alegremente en el bosque con su fuego violáceo. Mantonegro y Raligg la miraron con suspicacia hasta que el mago se sentó junto a ella, extendió las palmas de las manos al frente para calentárselas y explicó:

—Magia. A veces las cosas salen un poco a su manera.

Un trueno retumbó entre los árboles. El mago, después de dar un brinco y mirar ansioso de un lado para otro, se sonrojó y pidió disculpas.

—Es la hora de cenar. ¿Habéis traído provisiones?

Los dos amigos negaron con la cabeza.

—¡No pasa nada!, dadme un momento —golpeó tres veces el suelo con el bastón, lo que hizo que la piedra que lo coronaba comenzara a emitir una luz tan blanca que parecía azul, y a continuación el mago corrió fuera del claro. Los dos amigos vieron vagar aquel resplandor entre los árboles, alejándose y yendo de un lado para otro, acompañado de gruñidos del mago y de ocasionales peticiones de silencio. Cuando se desvaneció en la lejanía, centauro y gigante se miraron.

—¿Qué te parece? —preguntó Mantonegro en un murmullo.

—Quizá se haya dado hace no mucho un golpe fuerte en la cabeza —propuso Raligg.

—O sea víctima de un hechizo que le vuelva loco —replicó Mantonegro.

—Si es así me apostaría un tonel de manzanas a que él mismo se lo lanzó.

La luz azul volvió a acercarse, acompañada del ruido de maleza agitándose, y el cono del mago brotó de un arbusto, seguido por su cabeza.

—Tú, mi querido gigante enano, ¿puedes ayudarme?

—Mi nombre es Raligg —dijo este, poniéndose en pie.

—Encantado, yo soy ¡Mayisius! —replicó el mago—. Pero ya habrá tiempo para presentaciones. Ven a ayudarme, anda.

—Esto... ya nos hemos presentado antes... —trató de decir el gigante, antes de enmudecer al ver lo que venía arrastrando aquel viejo enclenque: un ciervo del tamaño de uno de los sementales de su tía.

—¿Cómo diablos has cazado un animal así, sin arco ni flechas? —preguntó asombrado.

—¡Ah, mi querido gigante enano, magia!

El asombro les duró todo el periodo de cocinado mágico de la criatura, que les dejó tan boquiabiertos que el mago tuvo que meterles tajadas de ciervo asado en la boca, cerrársela y recomendarles que masticaran.

—También os conviene hacer la digestión rápido, ¿son veloces vuestros intestinos?

—¿Disculpa, cómo? —preguntó el centauro, alarmado.

—No, nada, nada, probablemente no pase nada. Comed, ¡comed!

Después de la noche anterior, que ahora les parecía ya tan lejana, y de todo el día corriendo, descubrieron que estaban hambrientos como si no hubiesen probado un bocado en un mes, así que comieron con gula, hasta hartarse. Después el centauro se dejó caer sobre sus patas dobladas.

—Creo que mañana no podré correr sin arrastrar la barriga por el suelo —suspiró.

—Mañana —dijo Raligg, y se le ensombreció el semblante—. En realidad no deberíamos haber comido, ni parado para descansar ni nada. Nos sacan mucha ventaja y ni siquiera sabemos si podremos encontrar su rastro.

—Todos los rastros esperan su nariz —comentó el mago, con la barba brillante de grasa a la luz de la hoguera, rebañando restos de carne de un trozo de hueso. ¿De qué rastro hablamos, qué buscáis?

Los dos amigos se miraron, preguntándose en silencio si podían confiar en este viejo loco. Pero a fin de cuentas sus modales eran tan distintos de los de los trasgos que por contraste —pensaron— tenía que ser bueno, así que, interrumpiéndose continuamente el uno al otro, hablando a veces uno, a veces otro y casi siempre los dos a la vez, le contaron sus peripecias de las últimas veinticuatro horas.

El mago les escuchaba, a veces atento y a veces oteando las alturas en busca de algún nido de lechuza, asintiendo a ratos y abriendo la boca con expresión de asombro en los momentos más insospechados. Cuando Raligg mencionó la palabra «Hechisu», Mantonegro creyó ver un súbito destello en los ojos del mago, pero al instante este tenía la mirada perdida y se hurgaba la oreja con un dedo, así que asumió que quizá habían sido imaginaciones suyas, y tomó el turno para continuar con la historia, hasta que la terminaron.

—...y fue entonces, rodeados por los trasgos, cuando de pronto vimos aparecer un mago.

—¡Oh, un mago! —interrumpió Mayisius entusiasmado—. ¿Os dijo su nombre? ¡Quizá lo conozca!

Y los dos amigos le miraron con espanto.

—Su nombre era Mayisius —dijo con sorna el centauro.

—¡Qué casualidad, yo también me llamo así!

—Se refería a que en ese momento nos encontramos contigo —zanjó Raligg.

—Ah, claro. Detén tu historia, a partir de ahí creo que la conozco, y quizá hasta la recuerde, si hay suerte, y por ahora sería mucho menos relevante que lo que me habéis contado. Al menos hasta que llegásemos a la parte en la que me relatarais esta charla y alcanzásemos este punto, donde la conversación, para vosotros, se pondrá interesante, sospecho. O que tengáis el don de la adivinación y la historia continuase narrando acontecimientos futuros, lo que sin duda sería la mar de interesante, ¿alguno de los dos es vidente, ve el futuro, un jarrón roto que todavía no ha comprado, comerse un tomate de una tomatera que aún no ha plantado, esas cosas?

Los dos amigos negaron con la cabeza.

—Una lástima —dijo el mago con un leve tono de decepción en la voz—. Pero ¿qué era lo que iba a decir? —y se quedó un instante pensando hasta que al final giró la cabeza y murmuró por encima de su hombro, como dirigiéndose a un «otro» invisible —... ah, sí, gracias.

Comencemos por ponerles nombre a las Señoras del Invierno que visteis labradas en las paredes de la cripta. La primera de ellas —comenzó a enumerar levantando dedos de la mano derecha—, bruja de la corte primero y luego esposa de uno de los últimos emperadores del antiguo reino de Urmo, del que ya los jóvenes no recordaréis nada, fue Uharzilzsa. Tuvo cuatro hijos, pero después de enviudar y asumir la corona nombró heredera a su hija Deshaia, que también heredó de ella las artes oscuras de la brujería y la nigromancia. Evidentemente eso molestó y mucho al reino, porque algunos de los hijos eran bastante encantadores y, bueno, en rigor le hubiese tocado gobernar al mayor y ocupar baronías y demás al resto, pero Uharzilzsa los hechizó y los convirtió en soldados sin personalidad ni escrúpulos, y así los cuatro hermanos de Deshaia fueron la primera versión de los Burócratas Grises, aunque por aquel entonces les pusieron un nombre algo más espectacular, Portavoces del Invierno, o Jinetes de la Nieve, o algo así. Deshaia instauró el Reino del Invierno, de tal modo que fuese por ley una dinastía femenina de brujas, que a su muerte pasó a su hija Lesifoine, y de esta a su hija Tyreanne, que ahora ocupa el Trono de Invierno, y cada Señora de los Mil Inviernos es más poderosa en las artes oscuras de la nigromancia, y como la mayor parte de los habitantes del reino no están muy de acuerdo en ser gobernados por una estirpe de brujas, recluta ejércitos cada vez mayores, y de ahí vuestra Ceremonia del Reclutamiento, que tiene como objetivo someter a los enemigos revoltosos, o amplía la plantilla de esos burócratas de los que hablabais.

—¿Qué son los burócratas, exactamente? —quiso saber Mantonegro.

—Depende, los hay de toda condición. Pero por lo general son o bien esbirros reclutados entre quienes quieren mandar a los demás a toda costa, o bien soldados para los que ya no puede darse otro uso.

—¿Soldados licenciados? —sugirió el centauro, sintiendo un escalofrío.

—¡Podría verse así! —sonrió el mago, para alivio momentáneo del centauro—. Pero no, no —sacudió la cabeza el mago después de pensarlo un rato—, eso sería dejar fuera un detalle fundamental: lo correcto es decir que son muertos animados mediante brujería.

El centauro recordó el tacto de la mano del Burócrata Gris cuando confundieron los papeles, con los ojos abiertos como platos, y palideció.

—Todo eso está muy bien —interrumpió Raligg—, pero yo lo que quiero es rescatar a los míos. ¿Nos ayudarás?

—¡Claro! —asintió el mago—. Por estos bosques no hay nidos de lechuza, de todas formas.

—¿Y a dónde iremos? Por lo visto tenemos todo un reino enemigo en el que buscar —suspiró Mantonegro.

—La ciudad que decíais que había al final de los grabados esos es con toda probabilidad la Ciudad de Tagnolt, donde mi maestro Sorserus luchó contra Lesifoine y sus ejércitos, por la libertad, en general, y por cierto objeto mágico por el que mi maestro sentía, digamos, una especial curiosidad...

—¿El hechisu ese? —apuntó Mantonegro.

—Em, sí, em —la nueva mención de ese nombre hizo al mago perder el hilo un instante, hasta que dio un respingo, murmuró «lo sé, lo sé, déjame en paz» muy bajito por encima del hombro y prosiguió con su narración—... el caso es que mi maestro, el gran Sorserus, fue herido de muerte cuando luchaba cara a cara con Lesifoine, junto a otro par de héroes, entre ellos un gigante que, mira, ¡tal vez fuese tu papá! —sonrió a Raligg, y estiró la mano para rascarle el pelo, pero recordó que medía más del doble que él, así que se conformó con darle unas palmaditas en la rodilla—. Les llamaban las tres Leyendas Vivas... aunque, bueno, después de aquella noche quizá pasasen a llamarles simplemente Leyendas.

—¿Quizá? ¿Cómo que quizá?

—Hace mucho tiempo de aquello —protestó el mago—, y no recuerdo bien los detalles de la historia.

—¿Pero te la contó tu maestro o viste tú mismo la batalla? Porque si te la contó tu maestro no pudo morir en la batalla.

—Te digo que no lo recuerdo —insistió el mago, y luego, en un aparte por encima del hombro—... cállate, pobrecito, no pretende ofender... —y volviendo de nuevo a Raligg—... Volviendo a Tagnolt, en caso de revuelta esa ciudad era tradicionalmente la primera en levantarse contra la Señora de Invierno y sus secuaces, de modo que tras aquella batalla los Burócratas Grises aniquilaron a todos sus habitantes y establecieron allí su cuartel general. Tal vez ahí sea donde adiestran a sus nuevos reclutas y donde llevan a vuestros amigos, así que lo más probable es que debamos ir allí.

—¿Y desafiar a todos los ejércitos de la bruja, nosotros tres?

—Sí —suspiró el mago, pensativo—, quizá necesitemos un poco de ayuda. Podemos buscarla en los pueblos que hay de camino, conozco, por razones estrictamente profesionales, una serie de antros y tugurios en los que no es difícil encontrar a aventureros; se trata de mercenarios y gentes a las que, en cualquier caso, no les cae especialmente bien la Señora de los Mil Inviernos, y que por obtener derecho a participar en el botín y la promesa de partir un par de cráneos de Burócratas Grises accederían a ayudarnos.

—Pues eso haremos —sentenció Raligg.

Esa noche descansaron en el bosque, y a la mañana siguiente los dos amigos se despertaron escuchando maldiciones y golpeteos metálicos. Mayisius había reunido las armaduras y las armas de los trasgos y a base de golpes y magia las había unido y dado forma.

—¿Os he despertado? ¡Vaya! —les saludó, cuando iban en su busca—, es que me desperté pensando que no a todos los enemigos que encontremos los vamos a despachar del susto y a patadas, y hay seres más inteligentes por ahí a los que se les podría haber ocurrido introducir la parte puntiaguda de sus armas en vuestros cuerpos. Así que no estaría de más complicar esa idea un poco...

Dicho lo cual, se hizo a un lado y les enseñó su obra. Consistía en una amalgama de acero y cuero y una lanza descomunal que servirían de coraza y arma a Raligg, y un peto de cuero y una cimitarra de mango muy largo para Mantonegro.

—En las praderas de... uhm... bueno, en unas praderas, ya no recuerdo dónde, tuve el placer de ser perseguido por unos jinetes guerreros que llevaban armas de este tipo —explicó Mayisius a Mantonegro—. Si eran buenas para jinetes, imagino que te podrán servir a ti.

Disculpad el olor que tienen todas estas cosas. El olor a trasgo sale realmente mal. A ver si tenemos suerte y encontramos un lodazal por el que podáis revolcaros para disimularlo un poco.

Pero los dos amigos arrugaron la nariz y se vistieron sus nuevas armaduras. Partieron los tres por el bosque, en busca del camino que lo cruzaba.

8

La valkiria y el minotauro

Durante los siguientes días el bosque dejó paso a los matorrales bajos primero y a las praderas después. Las montañas, con sus cumbres nevadas, fueron encogiéndose según se alejaban de ellas por el camino de Tagnolt, y las aldeas que encontraban pasaban de ser puñados de casas de barro y madera amontonados alrededor de una plaza, a grandes conjuntos de viviendas de piedra con pequeñas murallas alrededor. Todavía resultaba visible el rastro de los Burócratas Grises, las pisadas de los gigantes y los restos ocasionales de alguna prenda de ropa rasgada por los latigazos, con manchas de sangre.

No encontraron a mucha gente por los caminos, y aquellos con los que se cruzaban no parecían nada interesados en hablar: se embozaban en sus mantos de viaje, agachaban la cabeza y proseguían tirando de su mula o azuzando a sus bueyes desde el pescante de una carreta, o bien caminaban más deprisa, si iban a pie, haciendo oídos sordos a los estrafalarios saludos del mago.

En las aldeas más grandes es donde les resultaba más fácil colarse sin llamar demasiado la atención. Raligg atraía muchas miradas, pero la gente de por allí había visto gigantes errantes en alguna ocasión, y estaba acostumbrada a toda clase de criaturas de leyenda que van y vienen, así que su mayor problema era tener que dormir en el establo cuando hacían noche en alguna posada cuyos techos hacían imposible para el gigante incluso entrar a gatas en su interior.

En esas posadas el centauro y el mago entraban, pedían un tazón de leche o un caldo para el primero y un brandy o un licor de aguardiente para el segundo, y se acercaban a aquellos que, por los rincones, tenían pinta de aguerridos, gentes con aspecto curtido, portadores de armaduras abolladas y armas con mangos desgastados y hojas melladas de tanta escaramuza. Entonces les proponían unirse a ellos en su expedición, y recibían siempre la misma respuesta:

—¿Cuánto?

Ante lo que los planes de ampliar el grupo se veían siempre frustrados, porque el único dinero del que disponían era un puñado de monedas del mago que nadie admitiría como de uso común en ninguna tierra conocida y lo que el centauro había sacado de la feria de Nigg.

Un día, cansado de deambular de aquí para allá, al entrar a la enésima posada, Mantonegro, con los cascos helados y harto de tazones de caldo, pidió otro aguardiente como el de Mayisius. El primer sorbo le hizo ver las estrellas y le abrasó la garganta. El segundo provocó que las lágrimas se le saltaran y que el mundo comenzara a dar vueltas. Para cuando se terminó su vasito piafaba encima de una mesa, gritando:

—¡Señores! Yo y mi bravo grupo de guerreros... que somos yo, este mago loco y un gigante que está fuera, echándose una siestecita en el cobertizo, algo tímido, pero buen tipo...

—Mantonegro, querido... —intentaba cortarle el mago.

—¡Es así! —prosiguió él—, cuando lo conocí pensaba que era algo bobo, pero no, es que no es de mucho hablar, y se pone colorado delante de las ninfas, y esas cosas... El caso —se giró de nuevo hacia la sala, que alzaba sus copas animada por el espectáculo— es que vamos en busca de la Señora de los Mil Inviernos para darle una tunda de azotes y un tirón de orejas, así que, si hay algún valiente en la sala que quiera unirse a nosotros, ¡bienvenido sea!

Entonces un silencio sepulcral ocupó la sala. El mago le hizo bajar, mientras lanzaba miradas desconfiadas a su alrededor. Algunos parroquianos terminaron sus bebidas, pagaron y salieron con la cabeza gacha. El resto se revolvió inquieto en sus asientos y terminó centrando nuevamente la atención en los vasos que tenían delante, hasta que los efectos de los brebajes hicieron que el ruido retornara poco a poco y que el ambiente del local recobrase la normalidad.

—No deberías ser tan franco delante de tantos desconocidos —susurró el mago, tirando hacia abajo del brazo del centauro, que intentaba llamar al tabernero para pedirle otro aguardiente. El centauro se resistía, así que los dos forcejearon durante un rato, hasta que un par de sombras cayeron sobre ellos. Cuando interrumpieron su lucha, vieron que dos seres se habían acercado hasta su mesa, un minotauro de piel rojiza, músculos grandes como sacos y cornamenta brillante, y una mujer demasiado alta para los estándares humanos y demasiado baja para los de los gigantes, fornida y con una cicatriz en forma de cruz en la mejilla, con el pelo rubio recogido en una larga trenza y ojos del color del hielo.

—Me llamo Hinnith Manoslargas —dijo el minotauro—, y me interesa vuestra expedición, no le guardo ninguna simpatía a la Señora de los Mil Inviernos.

—Mi nombre es Hedra —dijo ella—, una valkiria de las Tierras del Norte.

—Y... —la animó el mago, pero la valkiria no dijo más—. Vaya, no eres muy parlanchina, ¿eh? No te preocupes, este amigo mío hablará suficiente por él y por ti, ya lo verás —continuó, apartando su aguardiente del alcance de las manos de Mantonegro—. Dejadme que nos presente: este ser dicharachero y borrachín del que os hablaba hace un brevísimo instante es Mantonegro, y yo soy ¡Mayisius!, y, hmmm, veréis, estamos tan poco acostumbrados a ver voluntarios que ahora no tengo muy claro cómo debe seguir el proceso de selección

—y se giró hacia Mantonegro—, ¿tú qué opinas, amigo lleno de patas, deberíamos ponerles alguna clase de examen o test, con alguna pregunta trampa? ¿Deberíamos hacer alguna prueba física? ¿Pedirles que se hagan cargo de la cuenta, quizá?

En ese momento la puerta de entrada chirrió y el silencio cayó de nuevo sobre la clientela del local. Un grupo de alguaciles entró en fila, con sus porras bien agarradas, seguidos de un Burócrata Gris, que extendió un pergamino ante sus ojos y luego recorrió el local con la vista.

—La denuncia anónima de un buen ciudadano nos ha informado de que hay aquí elementos subversivos intentando alterar la paz del gobierno —y sus ojos sin vida, debajo de su capucha, se posaron sobre Mantonegro y Mayisius, a quienes señaló levantando una mano.

—Me temo que se equivoca —replicó Mayisius, sonriente, agitando las manos como quien se quita importancia—, yo no he hecho ninguna denuncia anónima contra nadie. Pero gracias por lo de buen ciudadano.

El comentario tuvo el efecto de dejar a todo el mundo patidifuso el tiempo suficiente como para que el mago terminara su aguardiente de dos rápidos tragos, eructara discretamente, se calara el sombrero y recogiera el bastón.

—¡Apresadles! —gritó por fin el burócrata.

Entonces el minotauro agarró la mesa y la lanzó por el aire hacia el grupo de alguaciles, mientras la valkiria esgrimía un hacha de batalla, la hacía girar sobre su cabeza y se lanzaba contra los parroquianos, que se apartaron aterrorizados a su paso.

—¡Rápido, seguidme! —gritó por encima del hombro a Mayisius y Mantonegro. Guiados por la valkiria y con la retaguardia bien cubierta por el minotauro, ocupado en agarrar a los alguaciles de dos en dos y dejarlos inconscientes mediante el procedimiento de hacer chocar sus cráneos, lograron salir a la calle por una puerta lateral. Raligg, alertado por el ruido de gritos y el estampido de muebles rotos, se presentó allí al instante, aferrando su inmensa lanza.

—¿Qué sucede? —preguntó.

—La buena noticia es que tenemos dos nuevos fichajes —le resumió el mago—. La otra buena noticia es que ya no perderemos más tiempo en esta ciudad. ¡Corramos!

Corrieron por las callejuelas hasta encontrar una puerta secundaria de la muralla. La vigilaban un par de guardias, pero Mayisius cerró los ojos, agitó su bastón y sobre sus cabezas se formó una pequeña nube dorada de la que comenzó a caer una lluvia de monedas brillantes. Los guardias, ocupados en recogerlas, ni les vieron pasar junto a ellos. La valkiria tomó una de aquellas piezas y se dio cuenta de que a medida que la miraba comenzaba a hacerse translúcida.

—Tendrán que gastarlas muy deprisa si quieren que sirvan para algo —le guiñó un ojo el mago, pasando a la carrera junto a ella.

Corrieron hasta un bosquecillo alejado un par de kilómetros de la aldea; el minotauro, en cabeza del grupo, se colocó al lado de Raligg, que cerraba la marcha, y le hizo un gesto para que aminorara el paso.

—¿Qué sucede? —le preguntó Raligg, al tiempo que Hinnith Manoslargas le indicaba que bajara la voz.

—¡Shhh! —susurró—, tenéis enemigos poderosos y oídos enemigos por todas partes; no sé quién os ha delatado, pero sí que esta misma mañana vi a esa valkiria, Hedra, si ese es su verdadero nombre, hablando con un grupo de Burócratas Grises.

—Bueno —murmuró Raligg, vacilante—, quizá simplemente le estaban pidiendo algún papel o algo así.

—Piensa lo que quieras —se encogió de hombros el minotauro—, yo solo digo que hay que tener cuidado con ella.

—Lo tendré —dijo Raligg, apretando de nuevo el paso—, gracias.

Una vez lejos de la aldea se internaron en un pequeño bosquecillo de abedules que comenzaban a florecer, y encontraron un claro junto a un arroyo donde montaron un campamento. Cenaron algunos víveres que Mantonegro había podido comprar durante el día entre taberna y taberna, y Hinnith Manoslargas y Hedra se presentaron con más calma a los dos amigos y al mago. El minotauro les contó con entusiasmo historias de su isla natal, al sur y con el sol siempre bien alto en el cielo, y la valkiria de las tierras del norte, donde la noche dura seis meses y la nieve siempre cubre la tierra.

Raligg la observó, recordando las palabras del minotauro: estaba claro que la valkiria era una mujer fría, ¿pero no deberían ser por fuerza fríos los espías de la Señora de los Mil Inviernos?

Esa noche, inquieto, le costó conciliar el sueño, aunque por fin sus párpados se cerraron y, escuchando el crepitar del fuego de la cena, cayó dormido.

Un par de horas más tarde les despertó el ruido de una pelea. Al abrir los ojos, Raligg descubrió al minotauro y a la valkiria rodando por el suelo, sacudiéndose golpes el uno al otro, mientras Mantonegro les miraba con los ojos como platos y Mayisius se desperezaba bostezando.

—¡Deteneos! —gritó—, ¿qué está pasando aquí?

La valkiria se giró para dirigirse a él, y el minotauro aprovechó la ocasión para golpear su cabeza con su dura testa.

—¡La vi intentar hablar con alguien en las sombras! —dijo el minotauro.

—¡Mentira! —protestó ella—, ¡me desperté y estaba sobre mí!

—¡Es una espía! —denunció el minotauro.

—¿¡Cómo!? —la valkiria, sorprendida, se quedó petrificada.

—Registrad sus cosas —propuso el acusador.

—Buena idea —dijo Mantonegro, acercándose a la mochila de la valkiria.

—Qué estupidez —bramó Hedra, furiosa, un instante antes de volver a quedar de piedra cuando Mantonegro sacó de la mochila un sobre arrugado pero sellado con un trozo de cera roja sin distintivo alguno—. Por los Jotun libres en el fin del mundo, ¿qué diablos es eso?

—Dínoslo tú —dijo Raligg, cogiendo el sobre y rasgándolo—, está entre tus cosas —y de su interior sacó y desdobló lo que resultó ser un salvoconducto que decía: «A cualquier funcionario de la Señora de los Mil Inviernos que lea este papel: su portador es un agente de la Señora, le obedecerá en todo lo que diga y cumplirá todas sus órdenes sin vacilar. La desobediencia será castigada con tortura y muerte».

Cuando lo leyó en voz alta la valkiria palideció.

—Jamás antes vi ese sobre —protestó, en un murmullo.

—Nena —dijo Mayisius—, vamos a tener que prescindir de tus servicios.

El mago empuñó su bastón, pronunció unas palabras y comenzó a darle vueltas en el aire, donde apareció de pronto una soga que fue cayendo al suelo, a sus pies.

—Atadla con esto —dijo—, para evitar que nos siga o que informe de nosotros antes de que nos hayamos ido.

—¡Pero no podéis dejarme atada y abandonada en un bosque alejado del camino! —protestó ella mientras Mantonegro y Hinnith la ataban a un árbol. Raligg, que se sentía más apenado de lo que esperaba, estuvo a punto de decir que compartía su opinión, pero el mago le hizo un gesto y sonrió.

—Claro que podemos. ¿Recuerdas las monedas que distrajeron a los guardias, allá en la aldea?

La valkiria comprendió y asintió. Después miró por turnos a Raligg, Mantonegro y Mayisius.

—Entiendo que penséis lo que pensáis —dijo—, y no os guardo rencor por ello —entonces giró su cabeza hacia Hinnith—... pero tú y yo nos encontraremos de nuevo. Y cuando llegue ese día, te mataré.

—Si es que no me he muerto yo antes de impaciencia —resopló el minotauro.

—Hemos de partir —dijo Mayisius, recogiendo sus cosas—, ya casi va a amanecer, y tenemos un largo camino por delante.

Raligg recogió su lanza, se detuvo un momento junto a la valkiria y la miró a los ojos. En ellos solo leyó orgullo y determinación.

—Hasta nunca —dijo, de todos modos.

—Quizá sí —respondió ella. Luego esperó a que Raligg recogiera sus cosas y lo vio partir tras sus compañeros, antes de concluir, sola en el claro, atada al árbol —. O quizá no.

9

Mercenarios

Durante las semanas siguientes se sucedieron las aldeas, unas dedicadas a la labranza, otras al pastoreo, otras a la minería, tan distintas unas de otras que Mayisius terminó desarrollando cierto instinto urbanístico.

—¡Oh, qué maravilla! —exclamaba a veces, al doblar un recodo del camino y vislumbrar una aldea particularmente bien organizada y ordenada, y hablando por encima del hombro—, ¡mira dónde tiene el molino, y qué defensas, mira!

El resto aprendió a ignorarle y a dejar que esas voces que solo él oía le dieran la réplica.

—Caramba, qué denigrante —protestaba en otras ocasiones, al contemplar algún pueblo desordenado o con alguna forma que, por razones no siempre comprensibles, le resultaba ofensiva.

Pero fuera cual fuera su parecer, la estrategia era siempre la misma: el grupo se aproximaba a la aldea, en cuyas cercanías, en algún bosquecillo o tras unas peñas, Raligg y Hinnith se ocultaban, mientras Mayisius y Mantonegro se adentraban en las humildes moradas para investigar si habían pasado por allí los Burócratas Grises con un grupo de reclutas, entre los que se incluían un montón de gigantes, y qué dirección habían tomado.

—¿No le parecerá raro a la gente que hagáis una pregunta tan concreta sobre un grupo de burócratas, a los que nadie tiende a hacer mucho caso? —había preguntado Raligg un día, cuando el grupo todavía no se había dividido para explorar la aldea de turno.

—Cuando alguien pone en duda tus intenciones —replicó entonces el minotauro— siempre es bueno distraerle con algo que capte su atención.

—¡Nidos de lechuzas! —propuso Mayisius—. ¡Algarrobas! ¡Aldeas sin orden ni concierto ni el más mínimo respeto a la simetría y la armonía!

—Eeeh... ¿alguna otra idea? —masculló el minotauro.

—No sé, ¿un tesoro? —propuso Mantonegro.

El minotauro le miró con espanto.

—¡Esa es una idea terriblemente mala! —gruñó—, es demasiado, si vas por ahí hablando de un tesoro un montón de mercenarios y buscavidas saldrán a buscarlo. No, hay que pensar en otra cosa.

—Ya pensaremos algo —media Mayisius—, improvisaremos, somos muy buenos improvisando —y luego, por encima del hombro, refunfuñó—, no, aquella vez no, cállate de una maldita vez.

—Tened cuidado con lo que se os ocurra. Toda precaución es poca —añadió el minotauro—. Tampoco regreséis acompañados por quienes reclutéis. Decidles que os sigan a la puesta de sol, nos reuniremos con ellos fuera de vistas demasiado curiosas y partiremos todos al caer la noche.

Más tarde, en la primera taberna que visitaron, un hombre con aspecto de ser medio ogro preguntó:

—¿Y qué razón tenéis para ir tras los pasos de esos burócratas?

—Somos asesores independientes, eeh —comenzó a improvisar Mantonegro— ... y les estamos buscando para asesorarles.

—¿Y qué tipo de asesoramiento hacéis?

—Minería —el centauro dijo lo primero que se le pasó por la cabeza— y arqueología, eeeh... Somos expertos en túneles llenos de riquezas y esas cosas. Los burócratas están buscando unas bóvedas gigantes repletas de oro de pueblos antiguos, y nosotros vamos a aconsejarles sobre el tipo de andamiajes que hay que colocar en los pozos de excavación —clamó triunfal Mantonegro, algo achispado, para, a continuación, cuando notó la mirada del mago sobre él, añadir—, pero no se lo digáis a nadie, es un secreto, shhh.

—Bueno —le murmuró el mago—, a mí no me parece tan mala idea lo del tesoro.

—¿Verdad que no? —sonrió el centauro satisfecho.

—No, pero yo que tú omitiría contarle a nuestro querido minotauro que, llevado por tu entusiasmo, soltaste lo del tesoro. Le hacía ilusión que dijésemos otra cosa, y yo no sé tú, pero yo no quiero verle enfadado.

—De acuerdo —asintió el centauro, haciendo un gesto al camarero para que le rellenara su copa.

Así que el centauro y el mago iban de aquí para allá visitando aldeas, preguntando por los Burócratas Grises y hablando de cuevas llenas de oro que estos perseguían. Mientras, fuera, en su escondite, Hinnith mataba el rato comprobándose el buen estado de la cornamenta, ayudado por un pequeño espejo, y Raligg se sumergía en la melancolía, recordando a Dafne, esforzándose por no olvidar un detalle de su sonrisa, un pelo de sus rizos o un gesto de su caminar.

Al caer la tarde el mago y el centauro regresaban convencidos de que pronto alguien más se les uniría, sin embargo, cada noche reanudaban el viaje sin nuevas incorporaciones, para pasmo de ambos.

Cada vez que Mayisius y Mantonegro abandonaban una taberna los parroquianos cruzaban miradas inquisitivas. En más de una ocasión alguno de ellos se levantaba, se estiraba y se despedía de sus vecinos excusándose porque se había hecho tarde y anunciando, por ejemplo, que quizá al día siguiente no le verían por allí, pues tenía previsto visitar a un familiar que vivía relativamente lejos, misión que tal vez le tuviera unos días alejado del lugar. Otros se encaminaban a sus casas, sacaban alguna espada vieja de debajo del colchón o descolgaban su mejor hacha de encima de la chimenea, y partían hacia la salida de la aldea, donde topaban con un grupo de alguaciles y de Burócratas Grises que les obligaban a dar media vuelta. Había también quienes permanecían en la taberna y, cuando llegaban nuevos visitantes, se dedicaban a entretenerles contando la historia de un par de seres estrafalarios de mal beber que habían venido hablando de las montañas de oro enterradas hacia las que se dirigían, y que se fueron en tal dirección. Cuando al día siguiente el burócrata local dedicaba su atención a incordiar en otra parte, grupos armados abandonaban sigilosamente la aldea en pos del mago y del centauro.

Así, el rumor de la existencia de cuevas repletas de oro y la dirección aproximada en la que se encontraban se fue extendiendo como un incendio por un trigal, y como sucede con los incendios y los rumores incontrolados, creció de magnitud y desarrolló variantes que, a su vez, se entremezclaban, mutaban y se retroalimentaban, de modo que aquellos buscadores, desperdigados e incapaces siempre de unirse al grupo de Raligg, comenzaron a toparse unos con otros cada vez con más frecuencia.

—Mi primo dice que eran un anciano caballero de armadura de plata y pelo y barba del mismo color, que montaba un unicornio parlanchín con mucha afición por el aguardiente, y que partieron hacia el sur hará cuatro días —le dijo un cazador a un mensajero que estaba de paso.

—Pues yo mismo escuché con mis propios oídos que en la tasca de Cien Fuentes Grises un grupo de pegasos pastoreados por una criatura hecha de zarza y rastrojos que apestaba a queso hablaron de una ciudad subterránea hecha de oro macizo, anteayer por la noche, y que partieron hacia el este.

Y menos de una hora después el mensajero variaba su ruta y regresa a su cabaña para convencer a su primo sobre la conveniencia de viajar hacia el sudeste.

—Según contaba mi armero —le explicó un bárbaro a un mercenario, mientras abrevaban sus caballos en un arroyo—, se trataba de un grupo de bestias mágicas liderado por un ciempiés de torso humano, que iban en pos de los huesos enterrados del Dios Yrrm, que son de oro macizo y tienen cien kilómetros de largo, y cuando se alejaron hacia el sur les vio crecer de tamaño y les salieron cuernos.

—¡Bestias infernales! —dijo el mercenario, haciendo un gesto de buena suerte.

—Pero ¿cómo podrían reclamar todo ese oro si tu grupo y mi clan, juntos, lo conquistan primero?

Y poco después un clan bárbaro reforzado con mercenarios marchaba hacia el sur.

A vista de pájaro, desde donde el mundo parece un mapa, el rumor se extendió como la mancha de un tintero derramado sobre el papel, y pronto había inundado el llano. Desde las alturas las águilas observaban ejércitos que iban de un lado para otro, uniéndose y escindiéndose constantemente, siempre convergiendo lentamente hacia la ciudad situada en el extremo sudeste del llano, la mítica Tagnolt, la del castillo en ruinas, junto a la ladera del monte del que toma el nombre, que un día estuvo a punto de ser tumba de una bruja y que ahora era el cuartel general de su hija y heredera.

En el ojo del huracán, en medio de una masa que se dirigía hacia la ciudad milenaria, pero que permanecía fuera de su vista, el grupo de Raligg avanzaba lenta pero inexorablemente persiguiendo el rastro de los suyos y a la ninfa de sus sueños.

Tras ellos, y a su alrededor, los grupos se unían en ejércitos, los clanes se aliaban con criaturas mágicas, los compañeros de oficio de Mayisius se incorporaban a armadas cada vez más grandes, equipándose para marchar en formación, dispuestos a perseguir hasta la muerte el tesoro legendario del que, como cientos de hombres habían escuchado a esas alturas en cientos de tabernas de mala muerte, muchas criaturas de toda índole habían estado hablando últimamente.

10

El asedio de Tagnolt

Finalmente, tras muchas jornadas, Raligg, Mantonegro, Mayisius y Hinnith Manoslargas se encontraban en pie en lo alto de una colina, contemplando el horizonte.

—Esto no me lo esperaba —dijo Raligg.

Al fondo, por fin, estaba la ciudad de Tagnolt, sus murallas resplandecientes al sol de la mañana, encaramada a un risco, sobre un requiebro del río Tagl, sus banderas ondeando al viento. El problema era que sus defensas estaban cerradas a cal y canto, y que entre el lugar en el que se encontraban y sus puertas había acampados ejércitos de todas las criaturas conocidas y por conocer, que tenían puesto sitio a la ciudad.

—¿De dónde habrá salido toda esta multitud? —preguntó el minotauro, desconcertado—, ¿qué le habéis ido contando a la gente que íbamos buscando?

—Nada de ningún tesoro —se sonrojó Mantonegro.

—No, no —intentó ayudar Mayisius—, nada de ningún tesoro, les decíamos que teníamos un familiar común, un mago centauro, un, eeeh...

—Un centumago —propuso Mantonegro.

—Un magotauro —dijo a la vez Mayisius. El minotauro les miró incrédulo. Una vena de la sien empezó a palpitarle.

—¿Te encuentras bien, amigo? —le preguntó el centauro—, se te está hinchando otra vez la vena esa que hace que te pongas de mal humor...

—¡Maldito estúpido, tuviste que soltar lo del tesoro!, ¿no es cierto?

—Yo no dije nada de ningún tesoro —se justificó el centauro—. Quizá algo de unas cuevas llenas de oro o alguna antigua ciudad enterrada repleta de riquezas...

—¡Aaarj! —el minotauro se abalanzó sobre el centauro y los dos rodaron por el suelo formando una nube de polvo de la que puntualmente asomaban partes de cuerpo animal o humano.

—¡Calma! —gritó Raligg, y para su sorpresa, le obedecieron—. No parece que sea algo tan terrible. Si la ciudad es atacada, quizá podamos entrar en ella más fácilmente. De otro modo... bueno, somos un grupo bastante poco discreto.

—Por mí no lo dirás —refunfuñó Mayisius—, yo parezco una persona absolutamente normal —y luego volvió a refunfuñar, esta vez por encima del hombro— ... shhh, este no es el momento, estoy intentando parecer serio.

—¡Ja! —protestó Hinnith—, la ciudad está asediada. ¿Sabes lo que eso significa? ¡Que no se puede entrar y salir de ella!

—No creo que siga así mucho tiempo —dijo Mantonegro, que se había puesto en pie para divisar mejor las tropas que rodeaban la ciudad—, mira, los ejércitos están preparando arietes, escaleras y demás.

—¿Estos ejércitos pretenden atacar la ciudadela de los Burócratas Grises? —preguntó incrédulo el minotauro.

—Por lo visto sí —replicó Mayisius.

—¿Tampoco parece una cosa tan descabellada, no? —protestó Mantonegro.

Hinnith Manoslargas miró con atención las tropas desplegadas ante ellos y luego al centauro.

—Estamos hablando del bastión de la Señora de los Mil Inviernos y del refugio de los Burócratas Grises —gruñó como respuesta—. Si crees que para derrotarla bastarán unos arietes y unas escaleras es que no conoces a la Señora de los Mil Inviernos.

—Yo personalmente no tengo el gusto, ¿tú sí? —sonrió Mayisius, de oreja a oreja.

—¿Quién, yo? No, ¡claro que no!, pero he oído historias...

—No te fíes de las historias —le animó Mantonegro—, nosotros nos hemos inventado una que se ha vuelto tremendamente popular.

—Hay historias e historias, mi amigo de seis extremidades, crin y cola —murmuró Mayisius. Vamos de todas formas. Quizá podamos entrar en esa ciudad y quizá no, pero si lo logramos no será desde aquí.

Así que comenzaron a descender la colina encabezados por Mayisius. Le seguían Mantonegro y luego Raligg, y cerraba la comitiva Hinnith.

—¿Qué hubieras propuesto tú decir, en lugar de lo del teso...? —le preguntó Raligg al minotauro, girándose hacia él, pues pensaba que se encontraba justo a su lado. Pero el minotauro estaba todavía varios pasos colina arriba, a cierta distancia, y sostenía en sus manos su pequeño espejo.

—¿En lugar de lo del tesoro? —terminó la frase, guardando rápidamente el espejo y corriendo para colocarse a su lado—, no sé, cualquier cosa. Que llevaban un mensaje para ellos.

—¿Como decir que trabajaban para los Burócratas Grises?

—¿Eh? —el minotauro le miró espantado—, ¡no, no!, pero...

—Hubiera sido una idea estupenda —suspiró Raligg.

Poco después comenzaron a surcar un inmenso campamento desordenado y caótico, donde todos aquellos que habían acudido a Tagnolt se habían parado para elaborar un plan de ataque, para observar qué pasaba o, simplemente, porque alrededor había demasiada gente detenida como para seguir avanzando. Los compañeros, ayudados por la habilidad de Raligg para lograr que la gente se apartara de su camino, consiguieron avanzar a través de hileras e hileras de tiendas de campaña y chamizos de paja, de soldados y mercenarios, bárbaros y toda clase de criaturas.

Muchas de ellas, a su paso, señalaban a Mantonegro y a Mayisius, haciendo evidente que los habían reconocido con gestos que el centauro y el mago ignoraban si podían, pidiendo silencio cuando el minotauro no les miraba.

Así llegaron a la ribera del río Tagl, donde se encontraba la vanguardia del improvisado ejército.

—¿Qué sucede? —preguntó Mayisius, tirando del pantalón de Raligg. Este, desde su altura, se dispuso a contarle lo que veía.

—Hay un puente que cruza el río, y sobre el puente hay un Burócrata Gris armado con un mazo montando una bestia extraña. Nadie parece atreverse a caminar hacia él.

—¡Nadie le corta el paso a un minotauro! —bramó Hinnith, apartando a la gente a codazos hasta llegar a la primera fila de mercenarios y buscavidas. Una vez allí contempló el puente. En su punto central había una bestia de tamaño descomunal, llena de escamas, con patas grandes como troncos de árboles centenarios y un cuello y una cola largos, erizados de púas y rematados con cuernos. El minotauro mugió, pisoteó el suelo, agachó la cabeza y cargó contra el burócrata, que se limitó a girar su montura, bajar su mazo y colocarlo a la altura de la testa del atacante. Cuando esta entró en contacto con el mazo, un cegador destello azul brotó del arma, resonó un estallido atronador y el minotauro salió despedido hacia atrás, volando por los aires y rodando por el suelo.

—Hum, ¡eso tiene toda la pinta de ser magia! —gritó Mayisius, feliz—. Raligg, ven conmigo.

Y comenzaron a abrirse paso entre los mercenarios, sin cesar de repetir «disculpad», «perdona», «dejen paso al experto» y «si me permite, caballero, es mi hora de gloria». Raligg le seguía aferrando su lanza e intentando no aplastar a nadie, hasta que llegaron a la primera fila.

—¿Estás bien? —preguntó Raligg al minotauro.

—Sí, pero me temo que no vamos a poder cruzar este puente... ¿¡dónde diablos va Mayisius!?

Al mirarle, vieron que el mago iba directo hacia el Burócrata Gris, que nuevamente extendió su mazo hacia delante. Mayisius caminaba resuelto, con la cabeza alta, sin una pizca de su habitual aire de despiste, que precisamente hacía pensar que tenía la cabeza situada a la vez en varios lugares, todos ellos a varios miles de kilómetros de allí. Esta vez el mago, con un porte noble y decidido, se detuvo a unos tres metros de la montura del burócrata, una mota frente a la inmensidad de la bestia. Su jinete hizo descender de nuevo su mazo. Mayisius compuso una mueca de satisfacción y murmuró unas palabras, echó el aliento sobre la bola de su bastón, la frotó y lo extendió, avanzando con cuidado, hasta que este y el mazo del jinete hicieron contacto.

Todo el mundo contuvo la respiración, hasta el rumor del agua parecía haberse quedado sin voz, y en medio de aquel silencio, se produjo un «clic» en el momento en que ambos objetos se tocaron. A continuación, no pasó absolutamente nada. El Burócrata Gris miró a Mayisius con sus ojos de color deslucido y una mueca de pasmo en el rostro.

—Es lo que tiene vérselas con un profesional —le explicó Mayisius—. Ahora, a ver qué tal te desenvuelves tú, si, digamos, yo hago esto...

Y dando un paso atrás apuntó con su bastón al burócrata y gritó una palabra demasiado sonora. La bola del extremo del bastón brilló con una luz azulada cegadora, y de pronto esa luz surgió en forma de rayo, mientras el trueno derribaba a todos los que se encontraban a menos de cuarenta metros.

La gente volvió a ponerse en pie. Todos se frotaban los ojos con la intención de lograr que el destello del relámpago desapareciera de sus retinas. Entonces comenzaron a buscar al Burócrata Gris, pero lo único que quedaba de él era un par de trozos de túnica gris chamuscados, una sandalia humeante y fragmentos de su mazo. La bestia, sin su jinete, miraba hacia los lados desconcertada.

—Aficionados —suspiró Mayisius con tristeza.

Tras él Raligg escuchó una andanada de vítores. Mayisius giró hacia ellos e hizo una reverencia, cuando de pronto el puente entero tembló, sacudiéndose ante el peso de algo que se arrastraba desde su parte inferior y trepaba por el pretil.

—¡Un troll! —gritaron docenas de voces.

—¡No, soy un mago! —les respondió Mayisius, completamente ajeno a la presencia de la bestia, situada ahora sus espaldas, sobre el puente, junto a la montura del jinete, que levantaba un garrote descomunal. Así que Raligg corrió y llegó justo a tiempo para interponer su lanza en el camino del inmenso mazo, que casi se la arrancó de las manos.

El troll era algo más pequeño que él y no parecía demasiado rápido, aunque compensaba esta carencia con fuerza bruta. El monstruo lleno de escamas, lanzando coletazos y cabezazos constantemente, tampoco ayudaba. Confiando en que Mayisius no estuviera perdiendo el tiempo entre sus piernas, Raligg se acercó a la bestia para intentar que esta lanzara su mejor golpe. Cuando lo hizo, retrocedió, agachándose, lo que le permitió librarse de un golpe en la cabeza por menos de un palmo de distancia. Entonces saltó para esquivar la cola del primer monstruo y hundió su lanza en el costado del troll, que, chillando de dolor, cayó de espaldas, al tiempo que de su herida borboteaba una sangre verduzca. Finalmente, soltó la lanza y se tiró en plancha sobre la montura, reduciéndola como si de una de las vacas de su tía se tratara.

Una segunda ronda de vítores estalló a sus espaldas. Tras él, Mayisius sonreía.

—Diles que traigan la soga más fuerte que tengan, y que ya pueden cruzar —le susurró.

Raligg asintió, levantó su lanza, giró hacia los ejércitos que aguardaban a sus espaldas y gritó:

—¡Traed cuerda para atar a esta bestia! ¡El resto, adelante!

Tras él, los ejércitos repitieron su grito y se lanzaron a la carga.

III
La Fortaleza de Tagnolt

11

La bestia prisionera

Muchas leguas al norte y al oeste las montañas de Koblad se apilaban sobre sí mismas, como si intentasen arañar con sus rasgadas coronas de hielo el propio cielo.

Las nubes desistían de sobrepasarlas y chocaban contra sus laderas, llenando los bosques de sus faldas de nieblas casi perpetuas y dejando, en las alturas, un mar de nubes a los pies de las cumbres que cubría todas las tierras que alguien, en tiempos olvidados, bautizó como el Reino Alto.

Poca gente y pocas criaturas habitaban esta región del mundo, y menos aún iban por allí de visita. Quienes lo hacían, si había suerte y algún viento del sur despejaba las nubes, podían mirar hacia arriba, a los interminables cañones de montañas superpuestas, y contemplar la cima de la más alta de ellas reluciendo como un diamante al sol. Los habitantes, hombrecillos flacos y fibrosos cubiertos de pieles de cabra y plumas de águila, explicaban que cuando el mundo apareció en su lugar y sucedió la primera noche, el sol pasó demasiado cerca de las montañas, de modo que estas rasgaron su piel, y es su sangre de fuego la que todavía hoy hace brillar las elevadas cumbres, y fueron gotas de esa sangre, corriendo ladera abajo, las que sirvieron antaño de semilla para las criaturas que pueblan los valles altos.

Y cuando un visitante tenía la desfachatez de dudar del mito, de achacarlo a la creencia de aquellas pobres gentes, los sabios de entre ellos replicaban:

—¿Y cómo es, si no, que son las únicas criaturas que respiran fuego?

Tres tipos de visitantes acudían a los pies de aquellas montañas muy de cuando en cuando. Los primeros eran los comerciantes que recogían el oro usado por los nativos como lastre para las redes con las que pescaban en los ríos tumultuosos que bajaban de las cumbres, cambiándolo por vidrio, papel, juguetes y sedas.

Los segundos, aventureros que intentaban forjarse una leyenda y medir su valor trepando y desafiando a alguna de las criaturas. A estos los nativos les ignoraban pues, por lo general, nada volvía a saberse de ellos, excepto cuando algún pastor, al buscar unas cabras extraviadas o alguna hierba medicinal que solo crece en las alturas, encontraba unos huesos roídos y calcinados, mezclados en un charco de metal fundido y cuero quemado.

Los terceros eran los sabios, que acudían en cumplimiento de sus intrigas, en busca de sabiduría o de promesas, intentando ganarse el favor o el servicio de alguna de esas magníficas criaturas. Muy poderosos eran esos sabios para atreverse a trepar por encima del mar de nubes, y más todavía para lograr descender de vuelta. Grandes filósofos y magos habían desaparecido sin dejar un recuerdo en las cumbres.

Pero otros, sin embargo, lograron regresar. A esta última clase pertenecía la mujer que, con el rostro y las manos envueltos en vendajes para resistir el frío, y el pelo violáceo aleteando al viento bajo la capucha de su manto gris, se afanaba sobre su bastón, una barra de hierro sin más adornos que cuatro pinchos romos en cada uno de sus extremos, siempre ascendiendo, rumbo a la última aldea antes del Reino Alto.

La aldea estaba formada por una callejuela, con una docena de casas repartidas a ambos lados, arracimadas sobre las laderas del cañón en el que estaba enclavada. Estaba vacía. Todas las ventanas y contraventanas, cerradas a cal y canto; todas las puertas, atrancadas. En su camino tan solo se interponían una vasija cubierta con un paño y, entre ella y el recipiente, apenas a unos metros, un reptil fornido, de esos que pueden luchar contra una jauría de lobos y salir bien parados y que en estas tierras se usaban como sustitutivos de los perros, que siseaba y soltaba espumarajos verduzcos por la boca.

La mujer ignoró al animal, que se le encaró enseñando los dientes, grandes como navajas, afilados bajo su lengua bífida. Ella no se inmutó, y él, desconcertado, frenó al llegar junto a la mujer, que ni siquiera se había parado. El reptil dio un paso atrás, luego otro, y finalmente huyó, aullando.

La mujer se detuvo junto a la vasija, dejó su bastón, la levantó y la destapó. Estaba llena de leche con trozos de pan, cebolla y carne guisada. Comió con las manos y sorbió la leche, y luego dejó el recipiente en el suelo, dobló cuidadosamente la tela, colocándola bajo la vasija para que no se volara, recogió su bastón y prosiguió calle arriba, atravesando el pueblo y luego pendiente arriba.

Cuando desapareció todavía iba a pasar una hora antes de que alguien se atreviera a entreabrir la primera contraventana, y un par más hasta que una anciana entornase con cuidado la puerta, intentando evitar su chirrido, y corriera a recoger la vasija y el trapo que habían salvado al pueblo.

La mujer ascendió hasta un risco en el que se elevaban tres monolitos de piedra, cada uno con una pared plana que encaraba la cima de las montañas. En esas paredes, calcinadas, había argollas de las que colgaban restos de esqueletos quemados, sacrificios para aplacar el hambre de las bestias moradoras del Reino Alto, tal vez criminales, tal vez voluntarios, tal vez víctimas de algún culto siniestro del que la viajera no tenía noticias.

En cualquier caso, estaba anocheciendo y la bruma hacía cambiar la luz del gris al azul oscuro rápidamente, así que apartó los huesos de la más resguardada de las piedras, se acurrucó en su túnica, cerró los ojos y, como si estuviese en el dormitorio de la más cómoda de las posadas, se durmió.

Al día siguiente se despertó temprano y prosiguió su ascenso, sin detenerse, lenta pero inexorablemente. A mediodía consiguió superar la superficie del mar de nubes. El cielo azul parecía estar al alcance del extremo de su bastón, y las montañas resultaban inabarcables a la vista y provocaban un sentimiento claustrofóbico, como si en cualquier momento fuesen a aplastarla. Pese a ello, la mujer consiguió ignorarlas y continuó su ascenso durante todo el día; ahora que ya no había niebla y las estrellas daban una mísera luz que hacía brillar la hierba y las piedras, seguía sin detenerse ni siquiera a pasar la noche.

Tan solo al día siguiente paró un instante, a la entrada de un valle arrasado por el fuego, con todos los árboles reducidos a tocones quemados y el suelo formado por un barro mezcla de nieve y ceniza, a beber en un manantial del que brotaba un agua helada como la traición. Y no había terminado de saciar su sed cuando una sombra se levantó a sus espaldas y un torrente de fuego tan intenso como para fundir la parte superficial de las rocas y hacer hervir la fuente se abatió sobre ella. Al momento el suelo se sacudió cuando la bestia clavó en ella sus patas, hincando sus garras en el suelo como púas de un arado, y el aire se sacudió como en un huracán cuando agita sus alas. Una risa gutural, estruendosa y cruel hizo brotar ecos de las paredes del valle. Cuando el humo se disipó, la mujer encaró a la criatura, se levantó la capucha y dejó que sus ojos violáceos se posasen sobre los de la bestia.

—Como comprenderás —la bestia, cubierta de cadenas rojizas, hizo un gesto que podría parecer un encogimiento de hombros y que provocó mil tintineos de los eslabones que la encadenaban—, tenía que intentarlo.

—Acepto tus disculpas —dijo la mujer.

—No era una disculpa —la bestia entrecerró los ojos—. Es mi deber intentar matar a quien me apresó para cumplir sus designios.

—Siomex, Conde de los Dragones Negros del Reino Alto, eres incorregible —dijo la mujer, aunque sonreía—. Mis designios son los mismos que los tuyos, darte seres que comer y seres que abrasar.

—Por mi incorregibilidad y mi fuego me adoras, hija de Lesifoine, quinta Señora del Trono de Invierno, milady Tyreanne —rio el dragón, dejando que el humo brotara por su nariz—. ¿A qué debo el honor de tu visita?

—Debes más que honores, y vengo a cobrarme tus deudas, viejo dragón de carbonilla —dijo la reina Dwarhaela—. Hay una guerra en mi reino, lo que vosotros llamáis el Reino Inferior, y te necesito en ella.

—¿Y podré devorar a inocentes, abrasar infelices y saciarme de carne quemada de todas las bestias de la creación?

—Hasta que revientes —asintió la reina.

—¿Y me supondrá pagar mi deuda y verme liberado de mis cadenas? —gruñó el dragón.

—Mi gratitud contigo recorta metros de cadena —dijo, acercándose y tocando las cadenas, que estaban prácticamente al rojo vivo. Solo la magia impedía que se deshicieran. La Señora de los Mil Inviernos cerró sus ojos, murmuró un conjuro y las cadenas se volvieron translúcidas, antes de desvanecerse poco a poco.

—Entonces con gusto participaré en tu patética guerra —el dragón hizo un gesto mezcla de sonrisa y de mueca asesina, estiró las alas, desentumeciéndolas, e inclinó el lomo para que la Señora de los Mil Inviernos trepase a su cuello. Sin aguardar a que se hubiera acomodado con seguridad a su grupa, saltó por el barranco, esperando casi hasta impactar con la ladera de la montaña, cientos de metros más abajo, para desplegar las alas y remontar el vuelo. Solo entonces miró de reojo si la Señora de los Mil Inviernos seguía cabalgando su lomo o se había estampado contra las rocas. Pero allí estaba, tras él, y le abofeteaba en las escamas.

—Dragón malo —le riñó.

—Como comprenderás —el dragón, en pleno vuelo, se las apañaba para repetir el gesto que podría parecer un encogimiento de hombros—, tenía que intentarlo otra vez.

—Ya no tienes edad para travesuras —le abroncó la reina—. ¿Recuerdas cuál era la dirección a Tagnolt?

El dragón asintió.

—Y el sabor de la sangre de sus habitantes.

—Los que la habitan ahora te parecerán más insípidos, me temo —replicó la reina—. Pero sus visitantes compensarán el viaje.

Así que el dragón hizo un tirabuzón y se lanzó en picado entre las nubes, rumbo al sur y al este.

12

La batalla de Tagnolt

Una vez franqueado el paso del puente, los ejércitos entremezclados que acampaban en la orilla del Tangl recogieron lo imprescindible para la batalla, abandonaron lo demás y corrieron hacia el puente. Todo tipo de criaturas, equipadas con cualquier clase de arma, se agolpaban en el extremo opuesto a la ciudad, formando un cuello de botella en el que los cuerpos se apiñaban los unos con los otros. Los ánimos se caldearon, alguien pisó a alguien, alguien empujó a alguien al río, alguien le mordió la oreja a otro alguien y alguien estuvo a punto de iniciar una guerra civil entre los aspirantes a asaltantes.

—Quizá deberías tratar de poner algo de paz —sugirió Mayisius a Raligg, que contemplaba pasmado el espectáculo.

—¿Yo? ¿Por qué? Yo no soy ningún líder.

—Sí, ¿por qué él? —gruñó Hinnith Manoslargas, herido en su amor propio.

—Porque es un gigante —resopló Mayisius.

—Y yo soy un minotauro, y tú una babosa, ¿y?

El mago puso los ojos en blanco.

—Que él puede ver mejor que tú y que yo cómo está la cosa desde arriba, mi cornudo amigo, y aprovechar ese punto de vista táctico para desenmarañar ese lío. Tú si quieres puedes aprovechar esa fabulosa voz de tenor que tienes e ir redirigiendo a quienes atraviesen el muro hacia una buena posición de asedio.

Pero mientras Raligg comenzaba a dar indicaciones a los ejércitos, intentando desesperado que le hicieran caso, el minotauro resopló, todavía ofendido.

—Yo no asedio nada. Los minotauros somos más de batallar en campo abierto.

—¡Yo les dirigiré! —propuso Mantonegro.

—¿Podrías recordarme tu experiencia militar, mi querido amigo?, sin ánimo de ofender, es que quizá todavía no me la hayas contado —preguntó delicadamente Mayisius.

—Bueno, mi tía hacía unas tartas de manzana estupendas —comenzó a explicar Mantonegro—. Y cuando yo era un potrillo que apenas sabía cabalgar derecho ya me encargaba de coordinar al resto de niños centauros de nuestra aldea para distraer a mi tía y lograr colarnos en su cocina.

El minotauro cogió aire para carcajearse a conciencia, pero antes de que pudiera comenzar Mayisius asintió.

—¡Adjudicado el puesto al ladrón de tartas de manzana! Adoro las tartas de manzana casi tanto como los nidos de lechuza.

—¿¡Los qué!?

—¿Qué de qué? —se desentendió Mayisius.

—Has dicho no sé qué de nidos de lechuzas.

—¿Quién, yo? ¡Calumnias!

—Te hemos oído todos. Nidos de lechuzas.

—¿Eso he dicho? —preguntó Mayisius, confundido—, no hagas caso. Será cosa de magos. No lo entenderíais.

Cuando los primeros ocupantes del puente obedecieron a regañadientes las instrucciones de Raligg el puente se desatascó, y aquellos que les seguían comenzaron a ofrecer paulatinamente menos resistencia a las órdenes del gigante, de modo que el tránsito al otro lado del río se hizo finalmente de forma bastante eficaz. Por su parte, Mantonegro intentaba dirigir a la gente hacia puntos altos distribuidos alrededor de las murallas. Su rápido galope le resultaba muy útil para corregir posiciones o guiar a los menos hábiles o a los que tenían problemas a la hora de medir distancias, por ejemplo una horda de cíclopes casi tan altos como Raligg. Su mayor preocupación era averiguar la distancia de seguridad que había que guardar con las murallas, pero una incursión por delante de las mismas a todo correr hizo que desde el recinto fortificado un par de docenas de Burócratas Grises equipados con arcos lanzaran sobre él una lluvia de flechas, que le ayudaron a ver de modo práctico el alcance de los arcos.

Para cuando la tarde comenzaba a caer, los ejércitos estaban ya dispuestos alrededor de la ciudad. Aquellos que se tenían en muy alta estima y los líderes de los distintos clanes acudieron a Raligg y formaron un corro con él, en el que el minotauro se abrió hueco a codazos. En dicho círculo se habían reunido los reyes de varios clanes, jefes bárbaros, un alto guerrero con trenza y descomunal mostacho rubios, y varios líderes de bestias de especies no humanas.

—¡Debemos atacar ya mismo! —gritaban algunos—. ¡Aprovechar el factor sorpresa!

—¿Qué factor sorpresa? —protestó Raligg—, desde las murallas os han visto acampados al otro lado del río durante jornadas, y habrán pasado el día contemplando cómo cruzábamos el puente: deberíamos esperar a mañana.

—¡No, no! —protestó Hinnith—, ¡mala idea! Es mejor atacar ahora, ¿a que sí? —y le dio un codazo al guerrero del bigote rubio, que le miró furioso.

—¿Por qué ahora mismo? —preguntó Raligg.

—Porque si dejas a todo este ejército una noche acampado a las puertas de la ciudad amanecerá y se estarán matando entre ellos, o estarán todos borrachos, o se habrán desanimado y se habrán vuelto a sus casas.

—Además —intervino un guerrero enano—, ahora todo el mundo está cargado de entusiasmo por haber cruzado el río por fin.

—¡Votemos! —propuso otro—, ¡que levanten la mano todos los que estén a favor de atacar ahora mismo!

Todas las manos se alzaron excepto la de Raligg y la del guerrero del bigote, cuya mirada se cruzó con la del gigante: dos ojos azules y fríos como el hielo que le recordaban algo conocido. Sin embargo, sin tiempo para hacer memoria, el grupo se dispersó gritando «¡al ataque, al ataque, a por las murallas!». Cuando Raligg volvió a mirar hacia el guerrero, ya no estaba; el gigante se encogió de hombros cuando notó sobre él la mirada de Mayisius.

—Intenté que hiciesen lo razonable —se disculpó.

—No le des muchas vueltas, muchacho —sonrió el mago—. A veces lo razonable solo conduce a la derrota, y sospecho que esta es una de esas veces, y que vendrán unas cuantas así.

Minutos después los ejércitos invasores desafíaban a los arqueros arremetiendo todos a la vez contra las murallas, intentando tender contra ellas escaleras improvisadas o colgar garfios de las almenas, aunque el fuerte del asalto se concentraba en las puertas, donde un par de improvisados arietes trataban de acercarse bajo una densa lluvia de flechas, piedras y aceite hirviendo. Gritos de dolor de los heridos y los abrasados competían con los alaridos triunfales de quienes se lanzaban en oleadas contra las murallas.

Los amigos, todavía en la retaguardia, buscaban un lugar por el que aproximarse.

—¿Qué propones, oh, gran general? —le preguntaba Hinnith a Mantonegro, socarrón.

—Lo suyo sería poder hacer lo que hacía mi primo Crinlarga —respondió este, pensativo, haciendo caso omiso del tono de burla del minotauro—, que se colaba por una ventana trasera y hacía algo de ruido para sacar a mi tía de la cocina. Bordeemos la ciudad y echémosle un vistazo a la parte de atrás.

—Perfecto —sonrió Mayisius—, ¡vamos allá!

Se abrieron hueco entre la retaguardia hasta llegar a la parte de la ciudad que limitaba con las montañas. Allí prácticamente no había arqueros, y los que había no parecían muy hábiles, porque el grueso de las fuerzas defensivas estaba en la parte delantera de la ciudad, concentrado en impedir que los arietes llegaran a las puertas.

—Si tan solo pudiésemos atravesar paredes —suspiró Raligg.

—O volar —añadió Hinnith.

—O cavar un túnel bajo ellas —continuó Mantonegro.

—O usar mi hechizo de atravesar muros —se unió Mayisius.

—¿Cómo? ¿Tienes un hechizo para atravesar muros? —gritó Raligg.

—¿Perdona, mi pequeño gigante? —dijo el mago, sacudiendo la cabeza sonriente, como recién salido de un sueño.

—Acabas de decir algo de un hechizo de atravesar paredes.

—Sí, claro —sonrió el mago, orgulloso—: sé muchos hechizos, y entre ellos uno fa-bu-lo-so que hace precisamente eso, sí. ¿Cómo lo has adivinado? ¿Eres mago? —añadió con suspicacia.

—¿Y cómo funciona? —preguntó Hinnith, resoplando.

—Es muy complicado de entender —Mayisius hizo gestos evasivos con la mano—... básicamente y simplificándolo mucho, hurga en la estructura de las paredes, haciéndola vibrar de modo que una amplia extensión de ellas oscila y se vuelve flexible, tanto que si saltas sobre ella te hace rebotar como si fuera una pared de goma. Es una cosa muy divertida y muy útil, si estás en algún lugar alto a punto de caer y lo lanzas contra el suelo, pero si te acercas despacio y te aprietas contra el muro, lo atraviesas como si fuese un montón de gelatina.

—¡Lanza ese hechizo ya mismo! —le zarandeó Mantonegro.

—De acuerdo, de acuerdo...

Y Mayisius separó las piernas, cerró los ojos, alzó su bastón, cuyo pomo brillaba en color verdoso, y pronunció unas palabras irrepetibles. Cuando calló, un amplio círculo en la muralla frente a ellos comenzó primero a vibrar y luego a temblar, y adoptó un color verduzco y una apariencia gelatinosa.

—Hum —murmuró Mantonegro—, parece que tiene el color de una montaña de moco.

—Y huele como una pila de estiércol —gruñó Hinnith.

—¡No se puede hurgar en la estructura de la materia sin provocar efectos secundarios, y no tenemos tiempo para que invente otro hechizo con un mejor cuidado cosmético! ¿Algún voluntario para probarlo? —preguntó Mayisius, extremadamente contento.

—Yo iré... segundo —se pidió el minotauro. Raligg y Mantonegro se miraron y gritaron casi a la vez:

—¡Yo!

—¡Yo!

Mayisius les miró con detenimiento.

—Es mejor que vaya delante Raligg.

—¿Por qué? —exigió saber el minotauro.

—Por si hay oposición o algún obstáculo. Lo más probable es que Raligg pueda encargarse antes de esa oposición: quizá hasta le baste con caerle encima. Y si no, cuando crucéis los demás ya tendréis un parapeto tras el que cobijaros.

—¿Qué parapeto? —preguntó Raligg.

—Tú —le sonrió Mayisius.

—Oh. Entiendo. ¿Entonces —insistió Raligg, dubitativo— qué tengo que hacer? ¿Correr hasta ahí y saltar contra la pared?

—No, no, ve contra ella y, simplemente, apóyate contra la muralla y empuja. Debería ceder y dejarte atravesarla, deformándose a tu paso. Ah, y probablemente sea buena idea contener la respiración durante el proceso. Y no tragar trozos de muro. Cuando termine el hechizo la digestión de esa apetitosa y olorosa gelatina puede volverse un poco pesada.

Raligg aferró su lanza, corrió hacia el muro, ignoró las flechas que volaban en su dirección, que comenzaron a incrementarse debido a que ese extraño muro oscilante había llamado la atención de algunos guardianes de la muralla, apoyó todo su peso contra el muro y empujó. El muro se abrió ante él como si fuese una pompa de jabón, y cayó del otro lado. De pronto se convirtió en el primer ser, aparte de los Burócratas Grises, que había pisado la ciudad en medio siglo.

—Oh —murmuró Mayisius a sus compañeros, del otro lado de la muralla—, claro, pesar mil trescientos dieciséis kilos probablemente ayude a cruzar más fácilmente. Mantonegro, Hinnith, me temo que vosotros tendréis que apretar más.

Dentro de la ciudad ya estaba demasiado oscuro para ver con claridad, pero de todas formas Raligg distinguía luces de antorchas y siluetas que corrían, sobre todo a través de las calles que se alejaban, en la distancia, pero había gente que acudía hacia él, todos ellos vestidos con capas y capuchas grises, y armados con lanzas, espadas y alabardas. Aferró su lanza y notó un golpetazo en la rodilla.

—¡Uf! —gritó alguien tras él. Se dio la vuelta para descubrir que el golpe era el minotauro, que había chocado contra él. Se apartó justo a tiempo para dejarle sitio a Mantonegro, que cayó a través del muro viscoso y rodó por el suelo con bastante gracia para ser un centauro. Mientras Mantonegro y Hinnith encaraban a los burócratas que se les acercaban, Raligg, dudando de la agilidad del anciano mago, se preparaba para hurgar a través del muro buscando a Mayisius con la mano, pero entonces alzó la cabeza y lo vio revoloteando por encima del muro, lentamente y con gracia.

—¿Qué os parece mi hechizo de atravesar muros? —gritó desde las alturas—, yo lo uso cuando hay mucho viento como para recurrir al hechizo de volar para pasar sobre ellos.

—¡Maldito mago loco! —gritó el minotauro—... ¿¡Tienes un hechizo de volar y nos haces cruzar una muralla convertida en natillas de vómitos y moco!?

—Tiene sus ventajas, mi querido cascarrabias; el hechizo de volar afecta tan solo a un ser, que además debe saber volar sin estamparse contra las copas de los árboles, el suelo u otras criaturas voladoras, mientras que el de atravesar muros termina cuando amanezca o cuando yo lo use, lo que suceda primero; si no lo uso, vosotros podríais hacerlo, no acabará hasta que salga el sol. Inesperadas ventajas de atacar de noche.

Los Burócratas Grises les rodearon, en silencio, apuntándoles con sus armas, preparados para atacar; eran ya tres docenas. Raligg, Mantonegro y Hinnith afianzaron sus armas y se prepararon para resistir de la mejor manera posible.

—¿Y qué ventaja tiene que el hechizo no termine? —preguntó Hinnith. No es que podamos usarlo para una retirada estratégica, precisamente, dándole la espalda a esta gente...

Pero entonces, junto a ellos, brotó un bárbaro de la pared, armado con un hacha de batalla. Y un instante después le siguió un caballero. Y al momento, un ogro peludo, el guerrero del bigote y la trenza rubios, y sucesivamente toda una horda de atacantes que, en la distancia, les habían visto usar aquel hechizo y les habían seguido.

Los burócratas, confundidos ante el número creciente de invasores, vacilaron en la penumbra del anochecer. Raligg miró a sus amigos, les saludó levantando la lanza, gritó y se abalanzó sobre el enemigo. El suelo temblaba a su paso, y los enemigos asustados trataron de apartarse, pero la lanza alcanzó a uno, se enganchó en su armadura y el burócrata salió volando sobre los tejados cuando Raligg, en pleno alarido, levantó el arma. Aprovechando el desconcierto, Mantonegro y Hinnith atacaron por un flanco, y varios de los guerreros que les habían seguido lo hicieron por el otro.

Los ruidos de la batalla pronto alertaron a más burócratas y a varias criaturas, incorporadas a sus tropas como fuerza de choque, que comenzaron a acudir de todas partes. Aun así el número creciente de invasores que saltaban el muro les permitía dividirse en dos direcciones distintas y pronto la ciudad entera fue un caos de figuras exóticas y encapuchadas que se apuñalaban, cortaban, aplastaban, mordían, empalaban y mutilaban. El grupo avanzó por la calle en pos de los burócratas en retirada, y alcanzó una plaza cercada por unos soportales en los que se cobijaban más figuras grises que lanzaban flechas. Raligg se tapó el rostro mientras el minotauro, el centauro y otros asaltantes se refugiaban tras su voluminosa figura y las flechas se clavaban en su armadura, dándole el aspecto de un erizo descomunal.

—¡Dejádmelos a mí! —gritó Mayisius, y a continuación profirió unas palabras, apuntó hacia los soportales con su bastón, que desprendía un intenso brillo azul, y un relámpago surgió del mismo, atronador y cegador, y recorrió los contornos de la plaza. Los gritos de dolor de los enemigos eran audibles pese al ruido atronador del hechizo, y cuando terminó todos tenían los oídos taponados y los pelos de punta por la electricidad residual.

—Disculpa —le dijo Mantonegro al guerrero de la trenza y el bigote—... creo que se te está cayendo el mostacho.

—¿Cómo...? —comenzó a responder el guerrero, con los ojos como platos y la voz aguda. Pero se detuvo, carraspeó, y preguntó de nuevo con un tono de voz mucho más grave—... ¿cómo dices?

—Que se te está cayendo el bigote, me parece.

El guerrero se palpó la cara. En efecto, el bigote parecía estar cediendo por uno de los lados, así que se dio la vuelta aplastándoselo con fuerza contra las mejillas. Se presentaron más burócratas portando alabardas, alfanjes y picas, y la atención de todos se centró de nuevo en el combate. Una puerta se abrió tras ellos y un burócrata apareció empuñando un mazo, pero cuando estaba a punto de golpear la cabeza de Mayisius, Mantonegro le descerrajó una coz. El otro rebotó contra el muro y cayó, y a continuación el guerrero rubio le remató con su hacha. Miró a Mantonegro y asintió con gesto victorioso.

—Llevas sangre guerrera en tus venas, centauro.

—Vaya, gracias...

—¡Rápido, por ese callejón, he visto irse a un par de ellos —gritó Hinnith, apareciendo a la carrera y señalando una calleja diminuta, apenas una grieta entre dos edificios.

—¡Allá voy! —gritó Mantonegro, entusiasta, arrancando su galope, pero el guerrero del bigote rubio le detuvo tirándole de la cola.

—¡Espera! —y señaló al suelo con su hacha.

Por el suelo del callejón corría un reguero de sangre que desaparecía en mitad del mismo por una grieta longitudinal y alargada, prácticamente invisible. El guerrero se acercó y golpeó el suelo del otro lado de la grieta, hasta que este cedió, revelando un foso profundo erizado de estacas afiladas al fondo.

—Era una trampa —murmuró Mantonegro, lívido.

—Los burócratas que vi huir por aquí eran un cebo —dijo Hinnith, rascándose el mentón.

—Un cebo que salta mucho —gruñó el guerrero, señalando la longitud del foso, que era de unos cuatro metros de largo.

La batalla continuó durante el crepúsculo, mientras el grupo avanzaba, en lucha contra los burócratas que les salían al paso, rumbo a las puertas de entrada de la ciudad. Los vigilantes de las mismas pronto tendrían que dividir sus flechas y sus proyectiles entre lo que les acechaba por delante y lo que les venía de sus propias calles, y su atención dividida no bastaba para vigilar el portón de entrada de las murallas, que pronto comenzó a resentirse con las embestidas de los arietes. Terminó cediendo y una nueva riada de asaltantes entró en la ciudad justo cuando, en la otra parte de la plaza que había tras la puerta de las murallas, Raligg y los suyos aparecieron haciendo retroceder a los burócratas que todavía se les resistían, el gigante atacando con su lanza a un murciélago inmenso, Mantonegro reduciendo con su cimitarra a un burócrata, Hinnith abatiendo con sus puños y sus astas a otro, y Mayisius volando sobre ellos, con rayos que brotaban de la punta de su bastón. Raligg corrió hacia delante y atacó con su lanza a uno de los últimos burócratas a la vista, que se agachó y logró eludir el arma, pero no la descomunal patada del gigante, que lo elevó por las alturas, por encima de la plaza, más arriba de las propias murallas.

Y al llegar a su punto más alto, la noche, recién comenzada, se desvaneció cuando un chorro de fuego tan brillante como el sol cruzó el cielo de norte a sur, tragándose al Burócrata Gris antes de descender sobre la ciudad.

—¡Dragón! —gritó alguien. Y la ciudad entera pareció estallar en llamas.

13

El Laberinto

El fuego corría como una riada por las calles de Tagnotl, abrasando a su paso tanto a burócratas como a invasores sin distinción, y se dirigía directo hacia ellos.

—¡Por aquí, seguidme! —gritó Hinnith, y todos los que le escucharon corrieron tras él.

El minotauro recorrió un callejón hasta una plaza en cuyo centro había un pozo de grandes dimensiones, se asomó a él, hizo un gesto a los demás para que le siguieran y saltó a su interior.

El resto de compañeros se miraron. El fuego se acercaba y el aire de la ciudad quemaba en los pulmones, así que saltaron tras el minotauro, seguidos de los asaltantes que les habían acompañado. La caída era desesperantemente larga. Finalmente aterrizaron en agua fresca. Manotearon en el fondo del pozo hasta que consiguieron ponerse en pie sobre la superficie del agua, y a la poca luz que llegaba de arriba vieron que junto a la base del pozo se abría un corredor, y que el minotauro les hacía gestos para que se acercaran. Raligg salió el último, aprovechando su tamaño para empujar a los demás fuera del agua, y luego se aproximó al grupo. Mayisius levantó su bastón, murmuró unas palabras y el báculo comenzó a emitir una tenue luz blanca que les sirvió para ver con algo de claridad. Así comprobaron que el corredor frente al que estaba Hinnith se dividía en dos ramales un poco más adelante. Uno de ellos torcía y se alejaba de su vista, mientras el otro se separaba, a su vez, en otros dos caminos.

—Por todas las estrellas —masculló Raligg—, ¿qué es este lugar?

—¡Un laberinto! —respondió Hinnith, orgulloso—. ¡Seguidme! Los laberintos son pan comido para mi especie.

Tampoco había mucha opción; tras ellos el pozo se tambaleaba y se cegaba poco a poco, a medida que montones de piedras medio fundidas caían sobre el agua siseando y desprendiendo inmensas nubes de vapor.

—Vamos —dijo Hinnith, entrando por el pasillo de la derecha. Todos lo siguieron, Mayisius, Raligg, Mantonegro, un bárbaro, un enano y el guerrero de trenza y bigote. Raligg tuvo que hacerlo medio a gatas, para poder entrar a través de un pasillo que evidentemente no se construyó pensando que un día lo recorrería un gigante, aunque fuese uno pequeño.

Fueron dejando atrás bifurcaciones, y cada vez que habían de optar por una dirección el minotauro miraba en ambas direcciones y elegía, a veces derecha y a veces izquierda.

—Un truco básico para cruzar un laberinto —comentó Mayisius— es seguir siempre la misma dirección. Puede que des un poco de vuelta de más, pero al final terminas encontrando la salida si vas siempre hacia la derecha o siempre hacia la izquierda.

—Así que estas malditas cosas tienen un método —se maravilló Mantonegro. El minotauro le miró y sonrió.

—Un truco de principiantes —gruñó—, el mío es mucho mejor.

—¿Y en qué lógica se basa? —preguntó Mayisius.

—No es lógica, es instinto —replicó el minotauro, y continuó, unas veces hacia la derecha y otras hacia la izquierda.

La travesía por el laberinto fue un suplicio para Raligg, que cada vez que intentaba levantar la cabeza para poder ver algo se daba un testarazo contra el techo de un túnel, el borde de un arco o alguna viga. Lo único que podía mirar eran sus pies, sumidos en la oscuridad, lejos de la luz de Mayisius, para tratar de seguir a Mantonegro, inmediatamente delante de él. Cuando escuchó ahogadas exclamaciones de sorpresa ante él levantó instintivamente la cabeza, provocándose otro fuerte golpe en la frente contra un dintel. Ahogó una maldición y volvió a agacharse, antes de dar un par de pasos más al frente mientras veía las estrellas.

—Ya puedes estirarte —susurró Mayisius, junto a él.

Al hacerlo, escuchó un sonoro crujido en su cuello, mezcla de dolor acumulado y alivio repentino, y tardó un rato en extrañarse por el silencio de sus compañeros.

—¿Qué sucede, hemos llegado al final del laberinto?

A la tenue luz del bastón de Mayisius se encontraron en una vasta cámara subterránea, en cuyas paredes desembocaban diferentes ramales de túneles, decorada con un montón de estatuas labradas con extremado detalle, algunas de gigantes a escala natural, y colocadas en desorden.

—¿Qué hacen aquí todas estas estatuas? ¿Por qué están colocadas de cualquier manera?...

Y entonces sus ojos se fijaron en una, de espaldas a él, cuyo cabello adoptaba una forma que le heló el pulso. Sin pronunciar palabra dio tres zancadas que hicieron retumbar el suelo hasta que llegó junto a Mayisius, y lo cogió en volandas.

—No sueltes ese maldito bastón —le dijo—, necesito que alumbres una de estas figuras.

Regresaron junto a la estatua y la rodearon. No cabía duda: era una estatua imposiblemente bien hecha de Dafne, la ninfa de sus sueños.

—¿Qué sucede? ¿Por qué tenemos que alumbrar esta estatua en particular?

Mantonegro apareció junto a él.

—Porque la conoce —explicó—, y yo también la vi. La estatua representa una ninfa, y no creo que exista un escultor capaz de hacer una representación tan fiel...

Raligg se giró hacia él.

—¿Puede ser hecha mediante magia?

Mayisius se inclinó hacia la estatua y sopló suavemente sobre los ojos abiertos de su rostro, antes de responder.

—Estamos presenciando alguna magia casi con toda seguridad, pero no alguna que yo conozca.

—¿De la Señora de los Mil Inviernos, quizá?

Pero Mayisius negó con la cabeza:

—Esto no es magia humana. Tiene otro sabor.

Mantonegro apartó su mirada de la estatua y descubrió junto a él al minotauro.

—¿Hinnith, dónde nos has traído? —le preguntó.

—Al corazón del laberinto —respondió Hinnith Manoslargas. El centauro le miró extrañado y vio que tenía algo en la mano. Un instante después, se abalanzó sobre él. Poco pudo hacer, el minotauro le encontró con la guardia baja y absolutamente sorprendido. Tan solo acertó a chillar y a desplomarse. Entonces el minotauro se volvió, dispuesto a saltar ahora sobre Mayisius, pero el guerrero de trenza y bigote rubios trató de frenarlo, y ambos rodaron por el suelo. Cuando se levantó, el bigote había caído al suelo y la trenza se había deshecho. Resultó que su rostro era en realidad el de Hedra, la valkiria que se había unido al grupo a la vez que el minotauro.

—¡¡¡Tú!!! —gritó—, ¿qué haces aquí?

—Vine siguiendo tu rastro de traidor asqueroso —dijo ella, carraspeando, libre al fin de la necesidad de fingir un tono de voz masculino—, con la intención de lavar mi honor en tu sangre.

Raligg corrió hacia ellos con la lanza, pero ella alzó una mano en su dirección.

—El minotauro es mío —reclamó—. Tú encárgate de la trampa.

—¿Qué trampa? —preguntó Raligg.

—Esta a la que nos ha conducido —respondió ella, empuñando con fuerza su hacha y caminando en círculos alrededor del minotauro, que se había puesto en pie y esgrimía una maza erizada de clavos. Hizo un amago de atacar, y entonces dio media vuelta y corrió, saliendo de la sala por uno de los pasillos. Hedra pronunció un grito de batalla y se lanzó a perseguirlo. Raligg dio un par de pasos con la intención de ir tras ellos, pero lo detuvo la voz de Mayisius.

—Raligg —reclamó su atención. Al mirar hacia el mago lo vio sobre Mantonegro, que continuaba en el suelo, tendido en medio de un charco oscuro. Cuando se acercó a ellos descubrió con horror que era sangre—. Ha debido apuñalarlo cuando saltó sobre él —dedujo el mago.

—¿Puedes hacer algo? —preguntó Raligg, esperanzado—, ¿que la herida deje de sangrar? Se pondrá bien, ¿verdad?

Pero el mago no lo miraba, se limitaba a negar suavemente con la cabeza.

—Nada me gustaría más ahora mismo que saber la magia de las curanderas, pero lo siento, amigo mío, no la sé.

—Ra... Ra... Raligg —logró murmurar Mantonegro.

—¡Calla, no hables! ¡Guarda reposo! ¡Y hay que apretarle la herida! —farfulló el pequeño gigante, agachándose sobre él y palmoteando el costado herido de su amigo.

—¡Raligg! —le recriminó este, levantando una mano temblorosa y señalando a sus espaldas—, tenéis problemas más graves ahora mismo, por ejemplo esas tres criaturas que están...

Y de pronto Mantonegro ya no era un centauro de carne y hueso, sino la escultura de mármol de un centauro herido postrado en el suelo de aquella inmensa sala, señalando a sus espaldas.

—¡Gorgonas! —gritó Mayisius, cerrando los ojos con fuerza—, ¡estamos en la guarida de las gorgonas! ¡Por lo que más quieras, no las mires!

14

La gruta de las gorgonas

Hinnith corría por el pasillo en la oscuridad, escuchando tras él las pisadas de la valkiria.

—¡No esperaba volver a verte! —le gritaba, por encima del hombro derecho justo antes de girar a la izquierda en una bifurcación. Pero segundos más tarde la voz de la valkiria seguía sonando tras él.

—Eso significa que no has conocido a muchas valkirias —dijo.

—Ni pienso conocer a muchas más —replicó Hinnith, ahora sobre el hombro izquierdo, justo antes de girar en una bifurcación, también a la izquierda.

—No me extraña —le respondió Hedra—, te quedan minutos de vida, y en este laberinto no hay nadie que no conozcas.

Pero la voz de ella ahora le llegaba más amortiguada, detrás, a la derecha. Hinnith sonrió y se alejó, siempre hacia la izquierda, alternando bifurcaciones, en la más absoluta oscuridad. Minutos más tarde y tras muchos zigzags se detuvo al final de un callejón sin salida y escuchó. Había un silencio absoluto en las cercanías, así que se arrodilló, hurgó entre sus cosas y extrajo una antorcha, yesca y pedernal.

—Hora de ver las nuevas estatuas de nuestras amigas las Gorgonas —gruñó, mientras encendía la antorcha. Pero al hacerlo y dar media vuelta para regresar al corazón del laberinto, dio un grito y dejó caer la antorcha: Hedra estaba frente a él, mirándole desafiante, al final del corredor.

—¿¡Cómo demonios me has encontrado!? —preguntó incrédulo.

—Nuestras antepasadas eran las encargadas de encontrar y recoger a los héroes para llevarlos a los banquetes de los dioses. Olemos el honor y el deshonor como los lobos huelen a los corderos. Los minotauros tendréis un don para los laberintos, pero por mucho que corras en la oscuridad solo hay una forma de que deje de oler tu peste, y es enviándote al infierno con la cabeza separada del cuerpo. Así que levanta tu maza y lucha, a ver si al menos puedes morir con honor.

El minotauro sonrió, y la luz de la antorcha que agonizaba caída en el suelo le iluminó el rostro desde abajo, dándole un aspecto siniestro. Empuñó en una mano la maza y en la otra el puñal, y agachó la testa, apuntando con sus temibles cuernos a la valkiria. No era casualidad que minotauros y laberintos fueran una combinación común; las armas naturales de los minotauros son muy útiles en entornos reducidos como los túneles de un laberinto, mientras el hacha de la valkiria, pensó Hinnith, es un engorro en un lugar así de estrecho. Así que agachó aún más la cabeza y cargó contra Hedra. Pero ella era rápida, fingió una finta junto al lado derecho para finalmente hacerla en el izquierdo, dejando un pie que zancadilleó a Hinnith cuando pasó a su lado como una exhalación. El minotauro tropezó y rodó por el suelo hasta chocar con uno de los muros. Apenas tuvo tiempo de rodar a un lado antes de que el hacha de la valkiria se clavara en el muro justo donde medio segundo antes estaba apoyado su cuello. Cubierto de fragmentos de piedra, se inclinó hacia atrás para ponerse en pie mientras Hedra intentaba sacar el hacha de la pared, aunque tras un enérgico tirón desistió y se centró en impedir que su atacante se levantara; de una patada lo mantuvo pegado a la pared, y luego saltó sobre su espalda, agarrándole los cuernos. El minotauro trató de levantarse e intentó alcanzarla con el puñal. Tras un par de segundos consiguió clavarlo en el costado de la valkiria, que gritó de rabia, agarró con fuerza de sus cuernos y le estampó la cabeza contra la pared tres veces, dejando una mancha sanguinolenta. El puñal se escurrió de los dedos abotargados del minotauro aturdido, y Hedra gritó de nuevo, apartó la cabeza de Hinnith y la estrelló contra su hacha, todavía clavada en la pared. Luego lo soltó, se incorporó, arrancó el hacha del muro apoyando un pie contra ella y tirando con todas sus fuerzas, y levantó el arma sobre el minotauro malherido.

—Di en el infierno quién te envía —gruñó, y la dejó caer.

Mientras, en el centro del laberinto Raligg y Mayisius, con los ojos cerrados, agitaban alrededor la lanza y el bastón, intentando mantener así a raya a las gorgonas. Mayisius, hasta el momento, se había librado, pero Raligg, que quizá les pareció a las bestias un menú más apetecible, ya cojeaba debido a los mordiscos y zarpazos de aquellas terribles criaturas.

—¡Mantén los ojos cerrados! —le insistía Mayisius, pero al agitar la lanza su asta golpeó en la cabeza al mago.

—¡Aug! —gritó aquel, al tiempo que su gorro salía volando por los aires y su bastón rodaba por el suelo. Ninguno de los dos pudo evitar abrir los ojos, y Raligg descubrió sorprendido una brillante calva en lo alto del cráneo del mago, que persiguió su bastón con la vista hasta que chocó contra las patas de una de las gorgonas.

—¡Mantén los ojos cerrados! —insistió, y Raligg le obedeció con tal fuerza que los ojos comenzaron a dolerle de la presión.

—¿Cómo vamos a hacer para derrotar a estas bestias? —preguntó, mientras una de ellas se le abalanzaba por detrás y le daba un nuevo bocado en la pantorrilla.

—No lo sé, y no sé si podremos —gruñó el mago, arañando el aire a ciegas a su alrededor—. Tan solo se me ocurrió hacer un gambito y reducir el problema...

—¿Cómo? —preguntó Raligg, y ante un nuevo mordisco añadió: —¡ay!

—Hacer un sacrificio para lograr una ventaja. Aunque, bueno, si no hacemos nada solo podemos empeorar, así que ¿por qué no? Escúchame, Raligg, contaré hasta tres y cuando termine abrirás los ojos y mirarás en dirección a mi voz, ¿de acuerdo?

—Eh... ¡ay!, de acuerdo, ¡ah!, esa ha dolido especialmente...

—Pues allá vamos: un, dos... y tres.

Raligg giró hacia la dirección de la que venía la voz del mago y lo vio, mal iluminado, con el ojo derecho cerrado, el brazo derecho extendido al frente, señalando con el dedo, y la mano izquierda enroscada y puesta frente al ojo izquierdo, como si empuñara un catalejo.

—Bien, muchachote —dijo—, no me quites el ojo de encima: ahora, en cualquier momento yo quedaré convertido en piedra; cuando lo haga, estaré señalando hacia la bestia, así que tú sabrás la dirección...

En ese preciso instante Mayisius quedó paralizado, y mientras resonaban unos crujidos rocosos el tono de su piel y el color de sus ropas se volvieron grisáceos, y el brillo desapareció de su mirada. Raligg no perdió un instante, calculó a toda prisa y, cerrando los ojos, embistió con la lanza en la dirección en la que había quedado señalando la estatua de Mayisius. Resonó por la gruta un chillido escalofriante y notó que la punta de la lanza se clavaba en algo duro y correoso. No sabía si la gorgona estaría herida o, incluso, si la habría matado, de modo que arrastró la punta de la lanza por el suelo hasta tenerla frente a sí y, aún con los párpados apretados fuertemente, alzó el pie y lo dejó caer paralelo al asta. Resonó un chasquido de huesos rotos y piel aplastada, y el chof de diversos fluidos al esparcirse por suelo. Inmediatamente, otra gorgona, enfurecida por la muerte de su hermana, chilló junto a él, justo a su derecha, así que Raligg desclavó la lanza y la dejó caer de nuevo en cuestión de un segundo. Escuchó entonces el ruido de la carne al abrirse bajo el filo de su lanza, y de una patada descomunal lanzó a la criatura por los aires. Del otro lado de la inmensa estancia llegó un ruido tal que Raligg pensó que, como poco, el monstruo debía de haber quedado empotrado en la pared.

—...en la que se encuentra la bestia —terminó entonces la frase Mayisius. Raligg se arriesgó a abrir de nuevo los ojos y a mirar en dirección al mago, que cayó al suelo, gritando—. ¡Aaah, qué dolor, mis huesos, mi sangre, mis... cosas!

El mago se desplomó.

—¡Mayisius! —gritó Raligg, acercándose con cuidado, a punto de resbalar con el pie que aplastó a la primera Gorgona—, ¡te convertiste en piedra!

—Ah, vaya, por lo visto si matas a la gorgona te despetrificas... Eso de convertirse en piedra explica este dolor, supongo: por lo visto la petrificación es algo muy doloroso, ay... —protestó, buscando a tientas su sombrero—. Maldita sea, no veo nada, mis ojos todavía deben de estar hechos un lío con todo eso de que si son animal, vegetal o mineral...

—¿Y por qué el resto de estatuas no se ha despetrificado? —preguntó Raligg, cerrando nuevamente ojos y tanteando alrededor con la lanza, que trataba de mantener alejada del mago, confiando en que no se moviera mucho durante la ardua búsqueda de su sombrero.

—Probablemente porque llevan más tiempo petrificadas. A sus naturalezas esenciales les costará más tiempo recordar que en realidad están vivas y dejar de ser piedra. Pobrecitas, el dolor que les espera...

—Pues me vendría muy bien que sufrieses esa experiencia dolorosa de nuevo y me indicases dónde está la tercera de las bestias —le urgió Raligg.

—¡Ni de broma! —gruñó el mago—, ¡hazlo tú! ¡Duele demasiado!, y además, no creo que recupere la vista a tiempo...

Entonces la gorgona que quedaba viva rujió a espaldas de Raligg. Súbitamente inspirado por algo que había escuchado decir a Mayisius, el gigante echó a correr, ya con los ojos abiertos, consciente de que, al tenerla detrás, no podría convertirlo en roca. Así, fue sorteando las estatuas mientras sus zancadas de gigante le permitían obtener una buena distancia con su perseguidora. Cuando estaba a punto de llegar a la pared, adornada con trozos de la segunda gorgona, giró, cerró los ojos, se inclinó sobre las puntillas de sus pies y entonces los abrió. La horrenda criatura corría directa hacia él, sus miradas se cruzaron y Raligg, que empezaba ya a convertirse en roca, comenzó a caer sobre ella, mientras aún podía ver cómo la bestia, aterrada ante el choque inminente, intentaba frenar y desviar su trayectoria, sin éxito, pues sus garras patinaban en el suelo. Raligg notó cómo se le congelaba el cuerpo y se le entumecía de un modo insoportable mientras caía: no llegó a ser consciente del momento en que se produjo su impacto contra la bestia.

Efectivamente, convertirse en piedra era doloroso, pero desconvertirse lo era aún más: sintió como si en lugar de sangre recorriéndole cada vena del cuerpo tuviese esquirlas de piedra que se le clavaban en la carne, lo veía todo gris y los ojos parecían pesarle media tonelada cada uno. Pero aun así rio, porque ese dolor probaba que su plan había funcionado.

—¿Raligg? —le llegó la voz de Mayisius, preocupado—, ¿estás bien?

—Perfectamente —contestó.

—Escuché un golpe fortísimo —le dijo el mago—, ¿qué ha pasado?

—Que ya no quedan gorgonas vivas —afirmó el gigante, volviéndose de lado y sacando de debajo de su inmenso corpachón el cadáver aplastado de la bestia—. Me convirtió en la roca que la aplastó.

—¡Estupenda noticia! —le animó el mago—, pero tengo otras dos, para que le hagan compañía; primera, estoy comenzando a recuperar la visión. Y segunda, amigo mío, las estatuas a nuestro alrededor empiezan a moverse...

Y en el salón resonaron nuevas voces, que hicieron perderse la del mago.

—¿¡Raligg!? —dijo una de ellas, cercana y extremadamente familiar—. ¿Qué ha pasado?

—¿¡Tía Rega!? —exclamó el joven gigante, emocionado. Sin embargo, de pronto recordó a Mantonegro, que seguramente acababa de pasar de estatua a centauro casi desangrado—. ¡Tía, necesito que hagas vendas con la parte baja de tu falda!

—¿Estás herido, Raligg? —preguntó ella asustada.

—No, tía, pero tengo un amigo que sí que lo está.

—¡Raligg! —se escandalizó su tía—, ¡ese lenguaje!

Y Raligg no pudo evitar sonrojarse y musitar «perdón».

—Venga por aquí, señora —dijo Mayisius—, traiga esas vendas... ¿cómo se llama?, Raligg no nos ha presentado adecuadamente, me temo.

—Me llamo Rega Naggigg.

—Encantado, yo soy ¡Mayisius! —exclamó él—. Bien, ahora con cuidado, nuestro amigo resultó gravemente herido antes de convertirse en piedra. Petrificarlo fue una forma bastante eficaz de detener la hemorragia, pero el problema ha resurgido como si quisiese recuperar el tiempo perdido, me temo.

Se acercaron a Mantonegro, que estaba inconsciente sobre un charco de sangre.

—¡Rápido, dejadme sitio! —exclamó su tía—, Raligg, aparta, ahora solo me estorbas.

Raligg dio un paso atrás. El centauro, incluso inconsciente, se estremecía de dolor cuando la mujer gigante limpiaba la herida y apretaba los vendajes. Raligg sintió entonces que alguien le tocaba la pierna con suavidad. Giró y allí estaba Dafne, resplandeciente incluso en esa vasta gruta sombría.

—¡Dafne! —exclamó.

—Raligg —le respondió ella—, ¡has venido a nuestro rescate!

Él se sonrojó, pero intentó calmarse y rápidamente les contó cómo los había venido siguiendo desde el valle, enfrentándose a toda clase de peligros en el camino.

—Dragón incluido —apostilló Mayisius—, no te olvides de contarle lo del dragón: a las damiselas a las que se rescata hay que contarles siempre lo del dragón.

—¿Un dragón? ¿Te has enfrentado a un dragón para rescatarnos? —preguntaron a coro su tía y la ninfa.

—Por cierto, señorita... —intentó intervenir el mago—, me temo que no hemos sido apropiadamente presentados... ¡yo soy...!

—Eh, en realidad no nos enfrentamos al dragón —le interrumpió Raligg, tapándole la boca con su enorme mano—, más bien huimos de él, y así dimos con vosotros.

—Pero no os preocupéis —dijo una voz que resultó ser la de Hedra, la valkiria, que aparecía en ese momento por un túnel arrastrando el cuerpo sin vida del minotauro—, si queremos sacaros de aquí tendremos que enfrentarnos al dragón y a la Señora de los Mil Inviernos.

Todas las salidas de este laberinto dan a la ciudad, y ellos son quienes controlan allí las cosas ahora mismo.

Se hizo un silencio en la gruta, solo roto por los balbuceos de Mayisius, que por fin logró zafarse de la mano del gigante.

—Hola, señorita, me temo que no hemos sido...

—Nos conocimos en aquella posada —le cortó la valkiria—, me reclutasteis junto al minotauro. Centrémonos en el dragón, mago.

Mayisius asintió.

—¿Sabe?, se parece a un guerrero que conocimos hace poco, un tipo con un bigote... eh... —y entonces pareció escuchar una voz por encima de su hombro y cambió de tema—... ¿dragón? ¿¡Qué dragón!?... ah, sí, ese dragón...

—Quizá debamos echar a suertes quién se enfrenta a él y quién a la Reina —gruñó Raligg.

—Ah, no, no —respondió Mayisius, categórico, caminando hasta su gorro, limpiándole el polvo a manotazos y encasquetándoselo de nuevo—, procedamos por orden de edad y sabiduría: elijo primero, y a la Reina me la pido yo. El dragón es todo tuyo.

15

Siomex

Cruzaron el laberinto utilizando el método de Mayisius de ir siempre en la misma dirección. Resultó lento y frustrante, porque muchas veces terminaban en callejones sin salida y habían de deshacer sus pasos, pero Mayisius les tranquilizaba apostando que se comería su sombrero antes de permitir que todos murieran de hambre si se equivocaba y no encontraban la salida con su método.

Así que deambularon durante horas hasta que finalmente una luz que no provenía de ningún hechizo de Mayisius les recibió al fondo de un corredor, una luz rojiza y vacilante que iba ganando en intensidad y caldeando el aire a medida que se acercaban a ella, y que resultó ser la luz de la ciudad incendiada. Ya era noche cerrada, y las nubes de humo y el fuego formaban pilares rojos que se movían por el cielo sobre ellos, acres y opresivos.

Salieron del laberinto y se escondieron entre las ruinas próximas a su entrada. La ciudad estaba arrasada y repleta de cadáveres de Burócratas Grises y de asaltantes abrasados, mezclados los unos con los otros allá donde les había alcanzado el fuego del dragón. De algunos lugares lejanos les llegaban gritos de agonía o peticiones de auxilio. La peste dulzona de la carne quemada inundaba la ciudad.

Raligg se acercó a comprobar el estado de Mantonegro. Dafne se encontraba junto a él, pues sus manos, más pequeñas que las de la tía Rega, eran más hábiles con las vendas. El centauro, visiblemente pálido, había recuperado la consciencia y se esforzaba por sonreír cuando se acercaba.

—¿Cómo te encuentras, amigo? —le preguntó.

—Oh, estupendamente —mintió Mantonegro, intentando disimular el dolor—, dame cinco minutos y estaré trotando arriba y abajo, ya me conoces.

Pero sus vendas seguían impregnadas de sangre fresca y Mayisius, que estaba junto a él, negó discretamente con la cabeza. Raligg lo ignoró y recogió en brazos a su amigo, con cuidado, decidido a sacarlo de la ciudad.

Avanzaron con cuidado intentando alcanzar la muralla, pero las calles estaban bloqueadas y terminaron siguiendo el único camino libre, que desembocaba en la avenida que unía las puertas principales de la ciudad, al sur, con el palacio, al norte. La avenida no presentaba muchos lugares en los que ocultarse, salvo las ruinas de los edificios que la bordeaban, de todos modos insuficientes para ocultar una comitiva con varios gigantes como la que conducía Raligg. Así que no les quedaba otra que apretar el paso y tratar de alcanzar la puerta de la muralla. Con esa intención salieron a la avenida y trotaron por ella, tratando de no tropezar entre los escombros.

Pero cuando ya les quedaban tan solo cien pasos para alcanzar las puertas derruidas, un muro de fuego brotó frente a ellos y al disiparse vieron al dragón, una silueta imponente y negra, erizada de escamas brillantes por su fuego interno, coronado por cuernos temibles, que tomaba tierra frente a ellos, provocando un pequeño terremoto en las ruinas que les rodeaban.

—¡Y cuando pensaba que ya había terminado mi cena aparece el postre! —gritó el dragón con su voz monstruosa.

—Psss, psss —le chistó Mayisius a Raligg—, rétalo.

—¿Cómo dices?

—Hicimos un trato —le susurró el mago entre dientes—, el dragón es cosa tuya, a mí los lagartos de más de veinte metros de largo me dan fobia. Sobre todo si escupen fuego y vuelan.

—¡Valiente amigo estás hecho! —murmuró Raligg entre dientes.

—¡Vamos, no seas gallina, rétalo! —insistió el mago—, ¿qué puede pasar de malo? ¿Que te mate o te queme? ¡Va a hacerlo igual si no lo desafías!

Raligg miró a su amigo Mantonegro, ahora inconsciente entre sus brazos, y a izquierda y derecha a Dafne y a su tía, y luego le cedió a esta última a Mantonegro, empuñó su lanza y dio un paso al frente.

—¡Dragón! —gritó—, ¡yo, Raligg Naggigg, del Valle de Nigg, te desafío!

El dragón rio, y pequeñas llamaradas brotaron de entre sus fauces.

—¿Tú, pequeño canapé de gigante? ¿A qué me desafías, si puede saberse?

—A un combate... —le apuntó Mayisius, tapándose la boca con la mano.

—¡A un combate! —gritó Raligg, levantando su lanza.

—...¡de ingenio, de ingenio! —terminó Mayisius, alarmado—, ¡a los dragones estas cosas les chiflan!

—Esto..., a un combate de ingenio —rectificó Raligg, bajando la lanza.

El dragón le miró inquisitivo durante unos instantes y luego asintió.

—Esta bien, Raligg Naggigg del Valle de Nigg: yo, Siomex, Conde de los Dragones Negros del Reino Alto, acepto tu desafío de ingenio —dijo finalmente, acercándose hacia él y retorciendo su largo cuello hasta colocar su cabeza frente a la del gigante—. El vencedor devorará el corazón del perdedor.

—¿¡Cómo!? —tembló Raligg.

—Lo sospechaba —le murmuró el mago, ignorando alegremente la última frase del dragón y el miedo de Raligg—, a los dragones les pirran los acertijos y los desafíos. Así que piensa algo retorcido que preguntarle o tira de las adivinanzas más difíciles que conozcas, amigo mío.

Raligg asintió y luego se volvió de nuevo hacia el dragón.

—Ya que el desafío es entre tú y yo, deja marchar al resto de la gente que me acompaña —le pidió a la desesperada. Pero para su sorpresa, el dragón aceptó.

—Oh, claro, no es problema.

De modo que el gigante se dio la vuelta y se despidió de su tía y de Dafne.

—Sacad a todo el mundo de la ciudad y no os detengáis hasta llegar al resguardo de un bosque. Luego descansad lo mínimo que sea necesario hasta llegar de vuelta al valle, ¿de acuerdo?

Su tía asintió, y Dafne le pidió que se inclinara hacia ella. Cuando lo hizo, ella le besó dulcemente en los labios. Al instante, Raligg notó que una calidez que nada tenía que ver con el calor del fuego del dragón le recorría las entrañas, dejándole en paz y sereno.

—Ahora estamos unidos tú y yo —dijo la ninfa—, y yo sabré cualquier cosa que te pase y tú cualquier cosa que a mí me suceda. Y lo primero que sabré de ti es que habrás derrotado a un dragón —concluyó—. Vence al dragón, Raligg.

Raligg asintió.

—Una última cosa, Raligg —prosiguió ella—. Si todo se tuerce, recuerda que los dragones siempre tienen un punto débil. Búscalo, busca cualquier cosa que llame tu atención, y atácale en él.

No dijo más, dio media vuelta y se reunió con el grupo. Raligg les observó marchar. De pronto le asaltó una inquietud; Mayisius no estaba con ellos, y tampoco vio a la valkiria. Giró sobre sí mismo y le pareció ver el destello de la punta del bastón del mago cerca del final del otro lado de la avenida, camino del palacio. Mayisius estaba cumpliendo su palabra, iba en busca de la Señora de los Mil Inviernos. Sonrió y encaró de nuevo al dragón.

—Gracias por dejar marchar a los míos —le dijo, sinceramente.

—No se merecen —gruñó el dragón—. Si los he dejado marchar es porque en esta ciudad no queda nada a lo que dar caza, y será más divertido atraparlos ahí fuera uno por uno que abrasarlos aquí a todos de una tacada. Además, probablemente fuesen a ayudarte o darte pistas...

Raligg sintió que la furia lo invadía, pero luego notó que Dafne, mientras se alejaba de la ciudad, estaba pensando en él, convencida de que era capaz de vencer al monstruo. Así que respiró hondo y se tranquilizó. El dragón escupió una pequeña bocanada de fuego y se acomodó entre los escombros, provocando el derrumbe de un edificio cercano que se vino abajo con estruendo y levantando una nube de polvo, ceniza y pavesas brillantes.

—Bien —dijo el dragón, haciendo caso omiso del destrozo—, estas serán las reglas: cada uno dirá un acertijo y el otro tendrá tres oportunidades para resolverlo, excepto si solo tiene dos respuestas posibles, en cuyo caso ha de decir la correcta y por qué es la correcta, ¿de acuerdo?

—Empecemos —dijo Raligg, asintiendo.

—¡Por favor!, la comida primero —concedió el dragón.

—Bien... eh... un rey tiene dos hijos —comenzó el gigante—, y debe elegir a quién le da el trono. Así que un buen día le regala a cada uno de sus hijos un caballo y les dice que harán una carrera a través del reino, pero que ganará aquel cuya montura termine en segundo lugar...

El dragón bufó y le interrumpió:

—En algún momento alguno de ellos usará la sesera o alguien les soplará una pista a cambio de un ducado y les dirá que cambien de caballos, así podrán correr todo lo que quieran y quien llegue primero vencerá. ¡Demasiado fácil, gigantito! —protestó—. Es mi turno.

Se acercó a Raligg y lo envolvió un muro de escamas al rojo vivo demasiado cerca y demasiado abrasador.

—¿Qué es más ligero que una pluma, pero que ni el gigante más fuerte del mundo puede aguantar más de un minuto?

Raligg se puso a pensar en cosas ligeras y en la fuerza de los gigantes que conocía: les había visto levantar todo tipo de cosas, vacas, rocas descomunales, a otros gigantes, alguna que otra vez una casa entera... no era capaz de imaginar nada ligero que no pudieran levantar. Además, con el calor del dragón tan cerca le costaba respirar... Y entonces comprendió.

—¡La respiración! —exclamó, y el dragón lanzó una llamarada de rabia que avivó las llamas de un montón de escombros cercanos—. Es mi turno —dijo, y se detuvo a pensar unos instantes—. Arráncame la piel y no lloraré, pero tú sí que lo harás, ¿quién soy?

—Una maldita cebolla, y si no me la supiese, una adivinanza trampa, porque los dragones no lloramos, pequeño gigante. Mi turno, vamos con algo más complicado —y entrecerró los ojos, pensando—, veamos: los tres magos más sabios que jamás existieron acudieron un día a verme para que les dijese cuál era el más sabio de entre los tres. Será fácil, les respondí; en mi caverna tenía una mesa con tres sombreros azules y dos rojos; les pedí que cerrasen los ojos y se pusiesen en fila, coloqué un gorro en la cabeza de cada uno de ellos y escondí los dos que sobraban. Entonces le dije al tercero de la fila que abriese los ojos. Podía ver de qué colores eran los gorros de los dos magos que tenía delante. Le pregunté de qué color era su sombrero, y me dijo que no lo sabía. Entonces le dije al segundo que abriese los ojos. Este solo podía ver el color del sombrero del que tenía delante. Le pregunté de qué color era su sombrero, y me dijo que no lo sabía. Entonces, antes de que me diese tiempo a decirle al que tenía todavía los ojos cerrados que de qué color era su sombrero, lo adivinó: ¿de qué color era su sombrero?

Raligg pensaba mientras el sudor le resbalaba por la frente.

—Evidentemente no lo adivinó mediante magia —resopló.

—¿Esa es tu respuesta? —preguntó el dragón—, porque si es tu respuesta es una respuesta muy mala.

—No, es un comentario.

—Pues entonces no, claro que no lo adivinó mediante magia, idiota. Se trataba de ver cuál era el más sabio, no cuál era mejor hechicero. Por cierto, ¿tú no tenías un amigo mago? —recordó el dragón de repente, aflojando el círculo en torno a él y mirando alrededor. Raligg comenzó a pensar en voz alta, para apartar a Mayisius de la mente del dragón.

—Veamos —dijo—, si el tercer mago de la fila pudo ver que había dos sombreros rojos y tres azules y luego no fue capaz de adivinar de qué color era su sombrero, eso significa que los dos que vio delante no eran rojos, porque entonces el suyo tendría que ser azul obligatoriamente, y él lo habría sabido, luego los sombreros de los de delante son o azul y rojo o azules los dos. Ahora bien, si el segundo, después de escuchar al primer mago, abriese los ojos y viese que el sombrero que ve delante de sí mismo es rojo, entonces sabría que el suyo es azul, porque que el primer mago no sepa de qué color es su sombrero significa que al menos uno de los que podía ver era azul... y por eso mismo cuando el segundo mago dijo que no sabía de qué color era su sombrero, entonces el primer mago de la fila supo que el suyo tenía que ser obligatoriamente ¡¡¡azul!!! —gritó.

El dragón cerró los ojos y gruñió, de modo que una humarada le rebosó por las fosas nasales.

—Correcto. Tu turno.

—Allá voy —dijo Raligg—... ¿qué sucede una vez en un minuto, dos en un momento y nunca en cien años?

—Hum —resopló el dragón, eso no tiene el menor sentido...

Raligg sonrió, feliz. ¿Podía ser que fuera a derrotar al dragón?

—...y cuando un acertijo no parece tener el menor sentido —prosiguió Siomex— es porque su sentido es otro, veamos, ¿qué es un minuto?, ¿qué es un momento?, ¿qué son cien años?... evidentemente no son tiempos, pues lo que sucedería una vez en un minuto sucedería cincuenta y dos millones quinientas noventa y cuatro mil novecientas veinte veces en cien años, y hay infinitos momentos en cualquier minuto. Por tanto momento, minuto y cien años son meras palabras... y «minuto» y «momento» tienen una y dos emes cada una, y «cien años» no tiene ninguna, luego —resopló orgulloso—, la respuesta es la letra eme.

—Así es —asintió desolado Raligg—, vuelve a ser tu turno.

—Sigamos con los tres magos que querían averiguar cuál era el más sabio...

—¿Otra vez? —protestó Raligg, al que todavía le dolía la cabeza después del último acertijo.

—Sí, otra vez; después de la prueba anterior los dos primeros magos en responder protestaron, porque el primero de la fila solo podía haber sabido el color de su sombrero por la posición que ocupaba en la fila y porque le tocó hablar el último, de modo que exigieron un juego absolutamente justo que determinase sin lugar a dudas cuál de ellos era el más sabio. Accedí y saqué de nuevo los cinco gorros, tres azules y dos rojos, y luego les vendé los ojos y coloqué tres de los sombreros en sus cabezas. Pero antes de que pudiese esconder los dos sobrantes y de quitarles las vendas, el mago que había ganado antes acertó de nuevo de qué color era su sombrero. ¿Qué color dijo?

Raligg cerró los ojos y trató de imaginarse la escena, pero le vino a la imaginación Mayisius y se le derrumbó la dramatización. Luego recordó que en aquel mismo instante seguramente estaría luchando con la Señora de los Mil Inviernos, así que se puso a pensar de nuevo.

—A ver... si les hubieses dado dos gorros rojos y uno azul, el que tuviese el azul habría podido adivinar el color de su gorro cuando les quitases las vendas y pudiera ver los de los demás, y exigieron un juego justo, luego no pudiste elegir dos sombreros rojos y uno azul... si hubieses repartido dos sombreros azules y uno rojo, entonces el que tuviese el sombrero rojo no podría saber nada, pero los que tuviesen los gorros rojos verían un gorro rojo y uno azul, y sabrían que el suyo no podría ser rojo, porque entonces al que ven con un gorro azul sabría que su gorro obligatoriamente es azul, por lo que sabrían que su propio gorro tiene que ser obligatoriamente azul... y esto daría desventaja al portador del gorro rojo...

—se detuvo para recuperar el resuello y terminó, triunfal—: por lo que, obligatoriamente, para que el juego sea justo, los tres debían tener gorros azules, y eso es lo que adivinó antes que ninguno el mago ganador. O de otra forma más corta: para que el juego fuese absolutamente justo los tres tendrían que tener sombreros del mismo color, y eso solo era posible si los tres llevaban gorros azules, porque no había tres gorros rojos.

—Me va a dar pena comerme a un gigante como tú —rugió el dragón—. ¡Lánzame el siguiente acertijo!

Raligg dudó; no sabía acertijos lógicos, y de haber sabido alguno se habría abstenido muy mucho de usarlo con ese dragón que había sido capaz de calcular al vuelo los minutos que hay en un siglo. De modo que probó con el primer acertijo que le enseñó su tía, cuando era un bebé gigante que todavía no sabía sostenerse derecho.

—Un viajero entra en una taberna y pide un vaso de agua —dijo—. El tabernero saca un hacha de debajo de la barra y salta sobre él gritando y blandiéndola, aunque cuando va a golpearle con ella se detiene. El viajero le da las gracias y se va. ¿Qué le pasaba al viajero?

El dragón le miró fijamente durante unos minutos que se le hicieron eternos.

—¿Estaba en llamas?

Raligg rio.

—No.

—¿«Gracias» significa «maldito seas, asqueroso posadero» en tu maldito idioma?

—No; te queda un último intento o perderás.

El dragón cerró los ojos y pensó con tal intensidad que sus escamas temblaron y tintinearon durante un minuto, y luego dos, y luego tres.

Finalmente se detuvo, abrió los ojos, sonrió y dijo:

—¿Sabes?, acabo de cambiar de idea.

Y se abalanzó sobre Raligg con las fauces abiertas de par en par, vomitando fuego.

Pero mientras Siomex se enfrentaba al último acertijo de Raligg, este consideraba otro en el interior de su cabeza: ¿qué pasaría si, efectivamente, derrotaba a Siomex a base de ingenio y de lógica? Podría suceder que, como un buen perdedor, le concediese la victoria y lo dejase marchar, aunque Raligg lo dudaba mucho. En el mejor de los casos el dragón lo intentaría, pero de alguna forma la Señora de los Mil Inviernos lo tenía dominado y tarde o temprano le obligaría a darles caza, y en el peor de los casos el dragón había accedido a aquella charada del concurso de ingenio como entretenimiento mientras hacía hambre, sin haber tenido nunca intención de respetar al vencedor si era derrotado. Probablemente a Siomex le hubiese resultado inconcebible no ganar.

De modo que mientras el dragón pensaba furioso con los ojos cerrados, Raligg aferró su lanza, se preparó para cuando llegara el momento en el que el monstruo decidiera cambiar de tercio, y fue haciendo acopio de ideas para decidir qué podía ser bueno o qué podía ser malo a la hora de enfrentarse a Siomex. Estando como estaba cerca de sus garras y de sus fauces, no parecía muy buena solución mantener con él una distancia muy corta, y además la lanza requiere de un cierto espacio para maniobrarla, pero alejarse de él implicaría convertirse en objetivo de sus llamaradas, lo que resultaría todavía peor.

Luego estaba la advertencia de Dafne: todos los dragones tienen un punto débil. Así que buscó a lo largo del cuerpo de Siomex algún signo de debilidad, alguna escama caída o partida, sin encontrar nada.

Y por último, había observado que el dragón no podía emitir fuego de manera continua, sino que cuando lo hacía debía vaciar sus pulmones y esperar un rato antes de poder rellenarlos de nuevo de llamas.

Así que cuando Siomex finalmente se detuvo, abrió los ojos, sonrió y dijo:

—¿Sabes?, acabo de cambiar de idea...

Y se abalanzó sobre Raligg con las fauces abiertas de par en par, vomitando fuego; el dragón esperaba contar con un factor sorpresa que ya no existía: Raligg se hizo a un lado y dejó pasar la cabeza del monstruo junto a él, para abrazarse luego con fuerza a su cuello y sentir cómo la piel le abrasaba mientras el dragón se retorcía y escupía llamas sobre los edificios en ruinas a su alrededor, intentando zafarse de su abrazo con sus garras y haciendo restallar su larga cola como si fuese un látigo. Raligg aguantó varios golpes, pero finalmente uno de ellos le sacudió en plena frente y lo tumbó en el suelo, aunque cuando lo hizó el chorro de llamas de Siomex por fin se había secado. El dragón saltó sobre él, extendió sus alas y desplegó sus garras, antes de caer en picado sobre el gigante, que rodó por el suelo hacia su lanza. Solo tuvo tiempo de interponerla entre el dragón y él, pero la punta del arma resbaló sobre las escamas del dragón y la lanza cayó al suelo. Siomex logró morderle en el hombro y apretó sus mandíbulas con fuerza. Raligg gritó cuando los colmillos al rojo vivo del dragón atravesaron su armadura y se le clavaron desgarrando piel, músculo y casi hueso. El dragón solo abrió sus fauces para retroceder y lanzarle un nuevo mordisco, destinado a arrancarle la cabeza, pero Raligg logró aferrar las mandíbulas del dragón, una con cada mano, sintiendo justo frente a su cara un hedor a muerte y un calor infernal, que aumentó cuando el dragón intentó escupirle un chorro de llamas. Pero acababa de agotar su chorro de fuego y todavía era pronto para poder volver a usarlo, de modo que tan solo unas llamaradas brotaron de su garganta, quemándole las cejas a Raligg, que se desplomó de costado, momento en el que el dragón aprovechó para clavarle sus colmillos de nuevo, atravesando metal y cuero como si fuesen pan duro. Presa de un dolor insoportable, el gigante intentó desprenderse de su atacante, aferrando con ambas manos los cuernos que le coronaban el cráneo a la bestia y tratando de alejarlos de sí.

Al hacerlo, los dientes del dragón se le clavaban más aún, y el dolor estuvo casi a punto de hacerle perder la consciencia, pero finalmente logró zafarse del mordisco. Cuando lo hizo, Siomex giró para alejarse de nuevo, y ahí estaba: en la parte trasera de su largo cuello Raligg distinguió el único punto de la piel de Siomex que no estaba cubierto por escamas de un negro brillante. Entre cientos de escamas negras y brillantes, había una partida, grisácea y medio desprendida.

El dragón extendió sus alas, las sacudió y saltó para emprender el vuelo. Ganando altura, una silueta negra recortada en el cielo negro dejaba a Raligg cegado por la nube de ceniza que extendía con su aleteo. Apenas el polvo empezó a disiparse al viento, Raligg vio cómo el dragón volaba sobre él, cogía aire y abría sus fauces, intentando abrasarlo. Pero era demasiado pronto, y las llamas que brotaban del estómago de la bestia eran aún muy tenues, de modo que apenas alcanzaban a abrasar ligeramente la piel del gigante, acurrucado, y a quemarle parte del pelo. El dragón, insatisfecho, extendió de nuevo sus garras, cerró sus alas y cayó en picado sobre él. Raligg empuñó su lanza, tomó impulso y la arrojó hacia arriba con todas sus fuerzas. El dragón la esquivó sin dificultad sin interrumpir su trayectoria y volvió a caer sobre él, aplastándolo contra el suelo bajo su peso, para, a continuación, clavarle las garras y morderle el pecho, con la intención de arrancarle la armadura y desgarrarle hasta el corazón. Raligg, tumbado de espaldas y con la vista clavada en lo alto, se resistía con todas sus fuerzas mientras aguardaba. La lanza dejó de ascender, se detuvo un instante en el aire, alta sobre ellos, giró y luego comenzó a bajar más y más deprisa hasta clavarse junto a ellos, a varios metros. El dragón, sorprendido, interrumpió sus mordiscos para contemplar esa lanza que parecía haber brotado de la nada, momento que Raligg aprovechó para colocar una mano tras la cabeza de Siomex y empujar hacia abajo, provocando un revoltijo de alas, garras, gigante y dragón. Cuando alcanzó a estirar la mano libre, aferró la lanza, la desclavó y la estampó contra la escama partida. La escama se quebró, la lanza penetró en la carne del dragón, la atravesó y terminó saliendo por el otro lado de su cuello, junto con borbotones de sangre negra e hirviente que salpicaron a Raligg, abrasándolo y deshaciendo la armadura. Raligg, herido, quemado y magullado, se apartó para evitar que lo salpicara más sangre, y el dragón se contorsionó ante él mientras la vida lo abandonaba y sus ojos se movían de lado a lado desconcertados y furiosos. Hasta que finalmente se calmó, lo miró, y con el poco aire que logró coger consiguió decir.

—Res... resp... respuesta...

—¿Que cuál era la respuesta a mi acertijo? —le preguntó Raligg, con una mano en la herida del cuello, medio sentado y medio desplomado sobre un montón de ruinas humeantes. El dragón escupía sangre y lograba asentir—. Bestia asesina, en unas horas has abrasado a miles de personas y seres, ¿y ahora te preocupa morir sin conocer la respuesta de un acertijo?

El dragón asintió de nuevo. Raligg se incorporó conteniendo un grito de dolor y mirando hacia el este, por donde comenzaba a clarear un día que pensó que no viviría para ver. Agarró la roca más grande que encontró, un trozo de sillar de una tonelada, la levantó recurriendo a todas las fuerzas que aún le quedaban y la arrojó sobre la cabeza del dragón, que se sacudió y murió.

—El viajero tenía hipo —dijo entonces.

16

La Señora de los Mil Inviernos

Mayisius caminaba entre las ruinas del templo, al final de la avenida, bajo arcos que parecían costillas de un esqueleto monstruoso y bóvedas agujereadas semejantes a inmensos ojos de piedra cegados por el fuego.

—No es el momento todavía —murmuró—, por favor, todavía no.

Tras él sonaba el leve rumor de un montón de escombro deslizándose. Se dio la vuelta, alzando su bastón, pero tan solo Hedra apareció tras unos escombros, empuñando su hacha.

—No deberías estar aquí, musculosa jovencita —amonestó a la valkiria.

—No podía dejar que un viejo achacoso fuese solo a enfrentarse a la Señora de los Mil Inviernos —gruñó ella.

Una ráfaga de fuego estalló lejos en la avenida, cuando el dragón bufó por alguna respuesta de Raligg.

—Aunque quizá debería volver con él —suspiró Hedra—, sea o no un gigante, ese niño necesitará ayuda contra esa bestia.

—No te preocupes por Raligg Naggigg —sonrió Mayisius—. Por mucho que su tamaño imponga no deja de ser un niño, y la fantasía de un niño siempre es un adversario formidable en un duelo de acertijos.

—Pero quizá la paciencia del dragón se acabe y decida comerse al niño.

—Entonces probablemente le venga bien ser un gigante. Ten algo de fe en el chico. La sangre de su padre corre por sus venas, probablemente puedas olerla, si es cierto lo que dicen de vosotras las valkirias.

—No conocí a su padre. Pero escuché historias —asintió ella.

—Ven, camina a mi lado —le hizo un gesto Mayisius—, me parece que ya no tiene sentido que te escondas, a estas alturas.

La valkiria le alcanzó y ambos recorrieron las ruinas. Arriba, en el firmamento, las estrellas brillaban entre los densos pilares de la ciudad arrasada, aunque en el borde oriental de los cielos comenzaban a atenuar su brillo y el cielo iba aclarándose.

—¿Sabes? —dijo Hedra—, según esas mismas historias mi madre luchó aquí y perdió la vida contra la madre de esta Señora de los Mil Inviernos.

—Lo sé —asintió Mayisius—, junto a un mago llamado Sorserus, mi maestro, y ese héroe gigante que también se apellidaba Naggigg.

—¿Y vencieron a la bruja, aunque murieran los tres?

El mago se detuvo un momento, como si tuviese que pensar a fondo en ello.

—Bueno, yo no estaba aquí... —y entonces se sacudió y gruñó por encima del hombro—, sí, tú sí, pero entonces no te tenía dentro de la cabeza, maldito viejo gruñón.

Recorrieron naves desoladas entre ruinas. El viento comenzaba a soplar, ululando entre las piedras, alborotando el humo, que a ratos les inundaba como una niebla espesa y amarga.

—Pero más o menos sí, la vencieron, entre los tres la hirieron de muerte. El gigante detuvo sus ejércitos, la valkiria luchó con su guardia personal y el mago venció la magia de la bruja con la suya.

—Pero no es lo mismo dar un golpe mortal que matar, ni vencer un combate que derrotar a una hechicera, viejo enemigo —retumbó una voz entre las ruinas. La valkiria separó las piernas y el mago enarboló su bastón. De entre una cortina de humo salió la dama del invierno, con una corona de plata y un cetro de esmeraldas, flanqueada por cuatro Burócratas Grises particularmente fornidos, armados con martillos de guerra.

—Me temo que te toca la del centro —dijo la valkiria, antes de entonar su grito de guerra y lanzarse contra los guardias del costado derecho de la bruja. Mientras los otros dos rodeaban a su señora, uno de ellos, al que iba destinado el golpe, lo bloqueó con su arma, y Hedra derribó al otro de una formidable patada en el pecho antes de voltear su arma, agacharse para esquivar un mazazo que buscaba su cuello y lanzar un hachazo a la altura de las rodillas de su primer adversario, que cayó entre borbotones de sangre parduzca.

Mientras, Mayisius musitaba unas palabras y un rayo salía de su bastón buscando a la bruja, que extendió la mano y lo aferró como si se tratase de una cuerda. Después tiró de él y se lo lanzó a Mayisius, que lo esquivó por poco y rodó por el suelo. El rayo impactó en un pilar, y lo derribó, con un estruendo que retumbó por las naves desoladas. Entonces la bruja extendió las manos unidas con las palmas hacia Mayisius, y de ellas brotó una bola de fuego que se dirigió a toda velocidad hacia el mago, que apenas tuvo tiempo de gritar unas palabras y levantar el bastón. Una cortina de agua se alzó del suelo quebrado, y la bola de fuego se estrelló en ella, provocando un sonoro siseo y una nube de vapor hirviente que inmediatamente fue atravesada por un nuevo relámpago que, sin embargo, erró su trayectoria y se estrelló lejos de la bruja, contra la columna de un edificio que se vino abajo. La bruja lo contempló divertida.

Mientras, Hedra se levantó, aprovechando para lanzar un hachazo a la espalda del burócrata caído, que estaba tratando de levantarse, y encaró a los otros dos, que ya se le echaban encima. Sus armas chocaron con el hacha de la valkiria, extendida en alto para detener sus golpes, y ella aprovechó para derribar a uno de una patada y tirar con fuerza del hacha intentando desarmar al otro, pero este rodó por el suelo todavía bien aferrado a su martillo. La valkiria gruñó y se llevó la mano a la parte trasera del cinto, sacó un puñal y lo arrojó apuntando a la cabeza del burócrata, que acertó a desviarlo con su mazo. Hedra volvió a llevarse la mano a la espalda y repitió la operación con otro cuchillo, apuntando al pecho, y el burócrata, moviendo frenético su martillo, consiguió también desviarlo. Así que Hedra se llevó por tercera vez la mano a la espalda, sacó su último puñal y se lo lanzó al burócrata lentamente, hacia arriba, describiendo un arco. El burócrata, confundido, levantó la vista hacia el cuchillo, que daba vueltas en el aire, y cuando volvió a bajarla la valkiria ya estaba abalanzándose sobre él, esgrimiendo su hacha directa hacia su cuello.

A pocos metros, el duelo mágico continuaba. La bruja extendía el cetro por encima de su cabeza. Una telaraña de luz verde cayó sobre Mayisius cuando ella bajó su bastón. Pero el mago gritó unas palabras, su imagen parpadeó y pasó de estar debajo de la red a estar sobre ella, aunque su rival levantó entonces su cetro y la red ascendió, capturándolo esta vez como si fuese un pez.

—¿No me reconoces, viejo amigo? —preguntó la Señora de los Mil Inviernos—, ¿no estás cansado de estar muerto y de ser un eco en la voz de tu discípulo chiflado, Sorserus?

—Cállese, señora —gruñó Mayisius, maniobrando con su bastón dentro de la red—, estoy intentando concentrarme.

—Te lo prometí en su día y estoy dispuesta a cumplirlo ahora —continuó ella—, una vida eterna de poder a mi lado, si descartas ese ridículo sentido del bien y el mal, y estás dispuesto a compartir conmigo el secreto del Hechisu.

Y retorció sus manos en torno a su cetro. Eso hizo que la red se estrechara, y Mayisius aulló de dolor.

Por su parte, Hedra esquivaba primero a uno y luego a otro del par de rivales que le quedaban, luego levantó su hacha para detener un nuevo golpe y la fuerza del impacto lo lanzó por los aires. Se agachó, rodó por el suelo desenvainando otro cuchillo de su bota y, cuando uno de los dos burócratas restantes intentó rematarla en el suelo, se echó a un lado, hundió el puñal en su rodilla y lo retorció. El burócrata cayó al suelo sin siquiera un gruñido de dolor, y la valkiria aferró el martillo de entre sus manos, le pisó el cuello y tiró, arrebatándole el arma.

—Maldita seas, me estás ahogando, Tyreanne —protestó Mayisius.

—No me llames así —replicó la Señora de los Mil Inviernos—, solo la plebe que no merece conocer mi poder me llama así, y no entiende mi título. Yo soy Tyreanne, pero también Lesifoine, la que te mató aquí mismo hace décadas, junto a la madre de esta ridícula guerrera y al padre de ese niño gigante cuyos huesos quemados debe estar royendo ahora mismo Siomex, del mismo modo que antes fui Deshaia, y antes Uharzilzsa, la que devoró a sus hijos y se convirtió en su hija. Cada uno de esos nombres, y los que ya nadie recuerda, no son sino etapas, pues cada vez que me ha sobrevenido la muerte la he burlado, con la magia del Hechisu.

—El caso es que ese nombre me suena de mucho —gruñó el Mago, estirando los hombros y murmurando unas palabras que lograron que la red se abriera. Cayó al suelo y se golpeó la cabeza—, ¡ay!...

Y entonces se levantó y en sus ojos había un brillo distinto. De sus manos brotó un torbellino de aire que levantó los cascotes a su paso, los arremolinó y los lanzó contra la Señora de los Mil Inviernos, que cayó de rodillas, magullada.

—Sorcerus, viejo amigo —dijo ella—, bienvenido. Ahora quédate, y expulsa a ese ridículo aprendiz tuyo del cuerpo que te pertenece.

Y rebuscó de entre sus ropas para extraer una botella dorada, finamente labrada, cuyo contenido brillaba en la oscuridad.

—Tan solo un trago de esto y volverás a la vida, y gobernarás medio mundo a mi lado.

Pero Mayisius se había desplomado, luchaba consigo mismo, golpeándose el rostro con sus propios puños. Finalmente alzó una mano y justo en el instante en el que Hedra logró descerrajar un mazazo en la cabeza de su último rival gritó una sola palabra cuyo eco imposible inundó la ciudad en ruinas. Entonces, la Señora de los Mil Inviernos quedó paralizada en su sitio. Sus ojos, la única parte que podía mover, se clavaron en él con rabia. Luego los cerró, mientras trataba de reunir fuerzas para disipar el hechizo de parálisis. Pero Mayisius no le dio tiempo: juntó las manos y gritó con todas sus fuerzas, y un relámpago cegador brotó de ellas, zigzagueó por el aire hasta la bruja y la atravesó de lado a lado. El estallido del trueno derribó a Mayisius y a Hedra, y cuando ambos se pusieron en pie todavía pequeñas lenguas de luz recorrían el suelo lleno de escombros y un olor agudo impregnaba el aire.

Ante ellos una silueta se puso en pie, se sacudió el polvo y rio cruelmente.

—¿Eso es todo lo que tienes? —preguntó la bruja, divertida.

Pero entonces una lanza manchada de ponzoñosa sangre de dragón cruzó la nave como una exhalación, atravesó a la Señora de los Mil Inviernos, que se disipó en una nube de humo, y voló por los aires hasta quedar clavada en la pared en un extremo del templo. El frasco que sostenía la bruja cayó al suelo, estallando en varios fragmentos de vidrio roto. La nube de humo se convirtió en un remolino que comenzó a girar cada vez más rápido y más concentrado, hasta que se disipó y dejo ver a la Señora de los Mil Inviernos, intacta, con una sonrisa cruel en los labios hasta el momento en que vio sus manos vacías.

—¡No! —gritó, lanzándose sobre los restos de la ornamentada botella dorada—, ¡¡¡no!!!

Hedra giró hacia la avenida. En esa dirección aparecía Raligg, frotándose el brazo, dolorido por el esfuerzo de arrojar su lanza con todas sus fuerzas, mirando disgustado a la bruja.

—Me parece que no le ha importado mucho que le tires la lanza —lo saludó Hedra.

—Había que intentarlo —se encogió de hombros Raligg—. ¿Qué hace, por cierto?, ¿fregar el suelo?

Mayisius le miró, interponiéndose entre la bruja y ellos.

—Ese era el líquido que daba a la Señora de los Mil Inviernos el mayor de sus poderes, el de revivir, el de volver a la vida después de una herida mortal.

—Ah, entonces ahora debería ser más fácil acabar con ella —dijo Raligg, optimista.

Pero les llegó de nuevo la risa de la bruja.

—Para eso antes tendríais que provocarme una herida mortal, seres despreciables. ¡Ni tu magia puede hacerme daño, mago de pacotilla, ni tu lanza, gigante ridículo, ni tu estúpida hacha, valkiria apestosa!

Y entonces se puso en pie, guardándose con mucho cuidado el trapo empapado, y extendió las manos hacia sus enemigos. Mayisius se dio la vuelta hacia ellos.

—Va a ser mejor que os apartéis —se disculpó, golpeando rápidamente el suelo con la punta de su bastón. Entonces la bruja lanzó sobre ellos una lluvia torrencial de llamas verdosas y negruzcas, pero aunque estas alcanzaron a envolver a Mayisius, luego se detuvieron justo frente a Raligg y Hedra.

—¡Mira! —gritó la valkiria—. Mayisius ha creado una especie de cúpula, las llamas están envolviendo todo el interior, pero no lo atraviesan.

Raligg levantó la vista y efectivamente las llamas parecían ocupar un espacio esférico frente a ellos. Pero dentro estaba Mayisius, así que avanzó y descargó su puño con toda la fuerza que pudo reunir sobre la superficie de la cúpula invisible, pero el único efecto que logró fue añadir una nueva quemadura a su reciente aunque amplia colección.

—¡Mayisius! —gritó.

Entonces las llamas se disiparon y la cúpula quedó ante ellos como una esfera brillante de la que los sonidos les llegaban apagados y como distantes. Dentro de ella seguía la bruja, con las manos humeantes tras su hechizo, y junto al borde de la cúpula pudieron ver a Mayisius, caído en el suelo, y a Mayisius, junto a él: había dos imágenes del mago, pero la que estaba de pie resultaba todavía más extraña que aquella que se habían acostumbrado a ver. Era translúcida, caminaba más erguida y tenía un porte más noble.

—¿Mayisius? —preguntó Raligg, dudando. Pero la figura apenas giró la cabeza para mirarle con disgusto por encima del hombro.

—Holgazán, levántante —dijo entonces, con una voz más grave y más lóbrega, dándole una patada al Mayisius caído—. Tus amigos preguntan por ti.

Y la figura del suelo se sacudió y se puso en pie, tembloroso, apoyándose en su bastón para mantener el equilibrio.

—Sorserus —dijo, girándose hacia ellos y señalándoles—. Estos son Raligg y Hedra. Raligg, Hedra, este caballero que la magia acaba de sacar de mí es mi maestro, el gran brujo Sorserus. ¡Y yo soy...!

—¡Cállate! —le espetaron a coro su maestro fantasmal y la bruja.

—Hmmm... —suspiró el mago, cojeando para hacerse a un lado—, supongo que podremos dejar las presentaciones para más tarde, si queda alguien a quien presentar.

Y los tres hechiceros dentro de la cúpula lanzaron sus conjuros de ataque. El interior de la misma se llenó de rayos, relámpagos y criaturas espectrales que saltaban de un lado para otro, cegadores estallidos blancos cada vez que un ataque impactaba contra alguien, y el ruido ensordecedor de mil tormentas. La magia liberada fue tanta que el suelo fuera de la esfera comenzó a temblar, y los pocos edificios que habían resistido al fuego del dragón comenzaron a venirse abajo con estrépito, entre nubes de humo, avivando los incendios que todavía cubrían la ciudad.

Luego, de pronto, todo se tranquilizó, y dentro de la cúpula todo estaba más o menos como antes, quitando unos cuantos arañazos y rotos en las ropas de Mayisius.

—Sorserus —llamó Tyreanne—, abandona a ese cachorro estúpido y ven a mi lado. Aplastémoslo a él, aplastemos a sus amigos y reinemos juntos, como siempre debimos hacer.

—Solo hay una forma de acabar con ella —dijo entonces Sorserus—. Y es estar dispuesto a poner demasiado en la magia.

—¡Yo lo haré, maestro! —gritó Mayisius. Pero Sorserus giró sobre sí mismo y le sacudió a su pupilo en la cabeza con su bastón. Mayisius cayó al suelo inconsciente, y la cúpula protectora se deshizo como una pompa de jabón.

—Cuidadlo —dijo Sorserus volviéndose hacia Raligg y Hedra, y luego su voz se elevó en un volumen sobrenatural, profirió unas palabras que parecían surgir de las rocas, y un gran relámpago azul partió de su pecho y zigzagueó por el aire hasta estrellarse con la bruja, que justo antes de ser alcanzada por el rayo sonrió y de nuevo se deshizo en una nube de humo. Pero Sorserus, sin dejar de gritar, se concentró en mantener el rayo y perseguir con él al torbellino de humo que huía de un lado para otro.

Mientras tanto Raligg y Hedra habían arrastrado a Mayisius unos metros atrás y lo sacudieron hasta despertarlo.

—Hola, chicos, ¿qué tal? —sonrió cuando recuperó la consciencia.

—Mayisius, tenemos que hacer algo para acabar con esa maldita bruja —dijo Raligg—. Tu maestro está luchando con ella, pero se está agotando, y no sé qué pasará cuando quede rendido.

Justo entonces el rayo de Sorserus se disipó, y este cayó al suelo, agotado. La Señora de los Mil Inviernos recuperó su forma entre Sorserus y ellos, y se escuchó su risa cruel, mientras de sus manos brotaban unos tentáculos pardos que volaron por el aire hasta estrellarse sobre el brujo caído, y luego comenzaron a bombear hacia la bruja. El mago Sorserus, cada vez más translúcido, gritó de dolor.

—Maldita sea —gruñó Mayisius, incorporándose—, qué incordio de mujer.

Raligg, agotado, levantó la vista al cielo, ya de un leve color azul, en el que apenas sobrevivían cuatro estrellas a la luz de la inminente mañana.

—Ni mi arma ni tu magia pueden dañarla, pero sí retenerla. Dime, Mayisius, por muy bruja que sea ¿necesita respirar?

—Claro —asintió el mago—, todas las criaturas respiran.

—Pues haz tu hechizo de paredes elásticas justo allí —y señaló al suelo bajo los pies de la bruja, mientras de tres enormes zancadas se plantaba junto a la bruja, la derribaba en el suelo y dejaba caer sobre su pecho el peso descomunal de su pie derecho. Los tentáculos cayeron al suelo convertidos en una masa parda sin vida, y Sorserus estaba tan incorpóreo que costaba distinguirle en la claridad creciente. Pero la bruja, divertida, clavó sus ojos en los de Raligg y se echó a reír.

—¡No hay nada que puedas hacerme! —le gritó, desde debajo de su bota—, ¿es que no lo comprendes? ¡Ni tu violencia ni su magia pueden nada contra mí!

—No se trata de magia, sino de todo lo contrario —le dijo Raligg, sonriente, escuchando a sus espaldas cómo Mayisius lanzaba su hechizo. Entonces el suelo perdió su consistencia y la bruja y su pie desaparecieron bajo el terreno reblandecido. Las manos de la bruja aparecieron alrededor de su pierna, tirando de él y palmeando en busca de un asidero, primero, aunque luego comenzaron a moverse de forma sutil y ordenada, y Raligg supuso que estaba preparando un hechizo. Así fue, y al instante un dolor indescriptible recorrió su cuerpo mientras sentía como si le hubiesen clavado en la espalda media docena de clavos al rojo vivo. Pero Raligg aguantó el dolor y miró al horizonte justo a tiempo para ver cómo el primer rayo de sol cruzaba el cielo, disipando la magia de Mayisius y con ella el hechizo de paredes elásticas. Sonó un crujido rocoso que recorrió el suelo situado bajo ellos, y de pronto Raligg tenía un pie clavado en la tierra, una masa de piedra sólida de la que solo salían su pierna y las manos de la bruja, que temblaban espasmódicas. Raligg tiró hacia arriba con la poca fuerza que le quedaba, y la bota soltó su pie y quedó allí, entre aquellas dos manos que se encogieron en un par de puños y luego, muy lentamente, volvieron a abrirse antes de quedar finalmente inmóviles.

—Ya está —anunció la valkiria—; su alma ya no está en este mundo.

Mayisius suspiró aliviado. Entonces recordó algo, dio media vuelta y volvió al charco dorado en el que yacía su capa, se lanzó sobre él y frotó el tejido contra la tierra húmeda.

—Bien —dijo finalmente, levantando la ropa mojada con cuidado—, con eso debería bastar.

—¿Pretendes robarle a la bruja su poder? —preguntó Raligg, alarmado, cojeando entre los escombros que se le clavaban en el pie descalzo.

Pero Mayisius le miró fijamente.

—La bruja tenía muchos poderes, si bien a este le sacó un partido especial. Esto es lo que queda del Hechisu, la magia que le permitía burlar a la muerte, amigo mío. ¿Hay alguien muerto o herido con cuya situación no estés de acuerdo?

Y Raligg por fin comprendió.

—¡Mantonegro! —gritó—... ¡o mi padre, su tumba debe andar por aquí!

—Pues me temo que tendrás que elegir entre uno de los dos; no es lo mismo el elixir completo que las gotas que he podido recoger.

—¿Y tu maestro, Sorserus?

—Perdón, ¿quién? —preguntó Mayisius, sorprendido.

—Tu maestro, Sorserus —comenzó a explicar Hedra—. Le hemos visto antes, enfrentándose a la bruja.

—¿Mi maestro? ¿Qué maestro? Déjate de bobadas, señorita, esto es importante. Raligg, tendrás que darte prisa con el Hechisu, y usarlo antes de que se seque...

Raligg miró hacia las ruinas de la ciudad. Al fondo, unas puertas parecían conducir a unas catacumbas, y se preguntó si su padre yacería en ellas, enterrado con honores de héroe. Ante ellos no había ni rastro de la fantasmal figura del viejo brujo que Mayisius parecía haber olvidado. Luego miró a sus espaldas, por donde se habían ido sus amigos, su familia y Dafne, llevándose con ellos al pobre Mantonegro.

—¿Estabas aquí cuando mi padre murió, Mayisius? —preguntó.

—No. Pero, bueno, en parte sí —respondió el mago.

—Joven gigante —intervino Hedra—, tu padre murió con honor y con orgullo, y ahora habita en el Valhalla, donde algún día lo encontrarás. Pero si lo resucitas a cambio de la vida de un amigo cuya hora aún no debería llegar, contraerás una deuda que no podrás pagar nunca.

Y Raligg asintió.

—¡Corre! —le urgió Mayisius, alcánzales y exprime el trapo empapado sobre su boca—. Ese centauro no se merece estar muerto después de haber tenido que soportar tanta cháchara mía.

Así que Raligg agarró el trapo y corrió por la avenida, avanzaba cerrando los ojos, sabiendo sin lugar a dudas dónde estaba Dafne, y que Mantonegro estaría con ella, y corrió hasta quedarse sin fuerzas, y después siguió corriendo, hasta que ya con el sol alto dio con ellos. Sin fuerzas para hablar y con el pie descalzo en carne viva les detuvo, se acercó a su tía, que llevaba en brazos el cadáver del centauro, le abrió la boca y escurrió en su interior el paño ya apenas empapado.

Unas gotas que brillaban más doradas que el amanecer cayeron hasta su garganta.

—Déjalo en el suelo —consiguió musitar Raligg a su tía, tambaleándose y derrumbándose sobre sus rodillas, haciendo temblar los árboles cercanos.

Dafne se acercó y le abrazó. Él la envolvió con su brazo, mientras con la otra mano acariciaba el lomo de Mantonegro y lo agitaba.

—Amigo, despierta —le decía.

Y el centauro se sacudió, estiró las patas, bostezó y abrió los ojos.

—¡Has vencido a un dragón! —gritó, y el resto del grupo que les rodeaba miró a Raligg asombrado—, ¡y atravesaste a la Señora de los Mil Inviernos!

—¿Y tú cómo sabes eso? —preguntó Raligg—. Entonces estabas muerto, amigo mío.

El centauro se encogió de hombros.

—Alguien me lo dijo —murmuró, mirando alrededor, poniéndose en pie y limpiándose la sangre seca—, tres espíritus, un mago loco, un gigante inmenso y una valkiria.

Raligg le miró en silencio.

—El gigante me pidió que te dijese que estaba orgulloso de ti, Raligg. Y creo que lo vimos grabado en las grutas, bajo el ayuntamiento de tu pueblo.

—Algún día lo veré y le diré que yo también lo estoy de él —sonrió. Por el final del camino aparecieron la valkiria corriendo, con Mayisius flotando ligeramente por encima de su cabeza, con la lanza de Raligg a cuestas.

—¿Qué huele así de mal? —gruñó Mantonegro, mirando a su alrededor—, ¿no os huele como a queso?... Raligg, ¿¡por qué llevas un pie descalzo!?

El gigante sonrió. Todo el grupo que había desaparecido del pueblo el día de la Ceremonia del Reclutamiento se arremolinaba ahora en torno a él, y de la ciudad humeante llegaban por fin la valkiria Hedra y el mago Mayisius. Cuando Raligg los divisó, corrió hasta ellos y los alzó por los aires para abrazarlos a gusto.

—¿Por qué habéis tardado tanto? —les preguntó.

—Este estúpido mago se puso a lamer el suelo donde había caído ese líquido dorado —dijo la valkiria, asqueada.

—Estaba rico —se disculpó el mago, encogiéndose de hombros.

Raligg les dejó de nuevo en el suelo, donde les esperaba Mantonegro.

—Raligg —dijeron su tía y Dafne, tendiéndole las manos—, llévanos de vuelta a casa.

Y el gigante asintió, se puso en pie y comenzó a caminar dejando atrás la ciudadela.

Su pueblo y sus amigos, orgullosos, caminaron tras él.

Cerraba la marcha Mayisius, que no pudo evitar lanzar una mirada atrás cuando llegaron a la cima de una colina, antes de que los restos de la ciudadela quedaran ocultos tras ellos. Dentro de su cabeza escuchó una voz que no pensaba volver a oír. Ahogó un grito, dio media vuelta y echó a correr sin detenerse hasta alcanzar al resto del grupo.